璞社青年社員評點集

璞社青年社員評點集

鍾世傑 編

2018 文學月會：「自作 · 多情」合照

（第一排左起）余龍傑、嚴瀚欽、張軒誦、劉沁樂
（第二排左起）周子淳、葉翠珠、張志豪、鄺健行老師、朱少璋老師、董就雄老師、陳彥峯

2019 璞社詩會暨迎新春活動合照

（第一排左起）鄧卓楠、董就雄老師及麟兒、鄺健行老師、朱少璋老師、黃榮杰
（第二排左起）鄧卓楠學生、譚凱尹、嚴瀚欽、梁世杰、陳彥峯、陳皓怡、鍾世傑、周子淳、朱桂林

第十一屆香港文學節：「詩歌不離地」合照

（左起）朱少璋老師、李耀章、鍾世傑、鄺健行老師、董就雄老師、劉奕航、余龍傑、葉翠珠

2016「有風傳雅韻」古典詩朗誦會合照

（第一排左起）梁世杰、陳彥峯、張軒誦、余龍傑、董就雄老師、鄧卓楠

（第二排左起）陳皓怡、陳偉強教授、張宏生教授、鄺健行老師、陳致教授、嚴瀚欽、張志豪

目錄

璞社成立小引

鄺健行教授

今士趨新，世風慕遠；塵沙固有，金玉方傳。於是本具晶瑩，因時論而或見忽；橫來淺薄，藉下士而遂推尊。觀乎詩壇風息、騷客吟微，可知一二。惟事非必然，例常有外。偶或學遵古昔，重風雅之溫柔；興入幽微，求芝蘭之芳澤者；亦可得而見焉。去歲承乏「韻文習作」一科，學子凡十五人；頗能虛心受教，又手試吟。誦歷代之篇章，初循正軌；采四時之物色，婉喻中懷。覓句謀篇，調聲選韻。余甚嘉之。所謂可得而見者，豈非是耶？課程既畢，諸子進陳：僉以途徑始明，興趣方盛。竊擬眾效古而結社，月命題以賦詩；邀師長作點評，集同窗共討論。但冀所習無荒，進而不已；所為合義，持之有恒。余聞而愈嘉焉。獨念學游西海，故步徒羨乎邯鄲；景近虞淵，壯年猶遜於之武。無良工切磨之方，缺前修推敲之識。以此慚慮耳。既而同學又以命名相商，余謂諸生美質倘琢，精光自映；璞玉為比，社名近實。諸生謙而受言，遂同定名為璞社也。公元二零零二年九月。

序

朱少璋博士

璞社自二〇〇二年成立至今，聚會、創作、交流，十多年來從未間斷，保留下來的「文字材料」，非常豐富。這些「文字材料」包括大量詩作、評點、序跋，都是詩社的寶貴資產，各社員無時無刻不想方設法，盡能力又盡可能把這些材料分類整理，出版成書。多年來蒙鄺老師指導和籌畫，詩社同人齊心協力，璞社已頗有規模地完成了多個出版計畫。二十種僅供詩社內部流通的單行複印本暫且不計，正式出版成書並發行者，已有十種。

匯輯社員詩作的《荊山玉屑》，由二〇〇四年初編至今，先後編出七集，已成為詩社的「詩輯系列」。二〇一一年出版的《天衣集》，收錄與詩社有關的序跋，初步保存了一些珍貴的社史文獻，這個「社史系列」相信在適當的時候，還會有續編。至於「評點系列」，即以評點璞社社員作品為主題的專著，亦已出書兩種，其一是二〇一〇年出版的《剖璞浮光集》（鄺健行老師選編），其二是二〇一六年出版的《聽車廬評點璞社詩》（董就雄博士撰作）。這兩部著作都是璞社「評點系列」發凡起例之作，極具份量和價值。以上二書都以展示社員作品及相關的評點內容為主，《剖璞浮光集》主要保留各導師的評點，並加上鄺老師的看法；《聽車廬評點璞社詩》則以董博士的評點為主，同時斟酌引用其他導師的意見。可以說，二書主題雖然類近，但編著思路同中有異，各具特色。

鄺老師在〈璞社成立小引〉中所說的「月命題以賦詩，邀師長作點評，集同窗共討論」，是詩社月會的具體寫照。璞社詩會約每月一次，詩友依題賦詩並在會上公開討論。月會由幾位導師輪流主持，會後導師負責為每一首作品撰寫書面評點。後來鄺老師又安排青年社員輪流主持月會、評點作品。如今，由青年社員主持月會及評點詩作幾乎已成為璞社的定制，老師與幾位資深導師則充當後援或顧問。事實上，詩社要「承傳」，就得有青年社員後繼，薪火相傳，命脈才能傳之久遠。主持月會及評點作品需要承傳，詩社的出版事務又何獨不然？儘管詩社早期的出版事務都由鄺老師及導師主理，但我們總希望有能力、有責任心的青年社員，能主動接棒，合力整理、編刊詩社的寶貴文字資產。比如說，屬於「詩輯系列」的《荊山玉屑》，初二三四各集都由導師主理，到了二〇一四年出版的第五集，已是由青年社員接編，由籌集經費到校對到跟進出版，一眾青年社員都顯得進取、專注以及周到，把接編《荊山玉屑》的工作做得既得體又有條理。

如今，世傑又主動接編「評點系列」的專書，實在令人欣慰。詩社早期主要由導師輪流主持月會、評點作品，是以《剖璞浮光集》和《聽車廬評點璞社詩》所采輯或引用的，都是導師的評點。而世傑新編的《璞社青年社員評點集》，不單保留了二十二次月會的詩作，還匯集了十四位青年社員的評點文字，在編輯意念上有承繼亦有開創，作為「評點系列」的新著，別具意義。

世傑是璞社青年社員，他恒常出席月會，還義務協助處理社務，為人又主動又踏實又有責任感。更重要的是，世傑熱愛文學，熱愛創作，是詩社的中堅。世傑現時任職教師，日常教務雖然繁忙，卻仍願意一力承擔《璞社青年社員評點集》的出版工作，十分難得。詩社的編輯工作向來是義務性質，編者不單止沒有酬勞，在時間上、精神上以及金錢上，卻都必然要有所付出。世傑願意主編此書，我是打從心底裏佩服和感謝的。

這幾年嘗試為詩社爭取面向公眾的機會，總希望透過與不同機構合辦詩歌朗誦會或講座，讓青年社員可以在公眾面前展示他們的詩藝與才華。另一方面，我着手在詩社的出版事務上開發新系列。比如自二〇一四年五月起，鄺老師籌畫定期舉辦詩藝座談會，邀請詩人專家主講，而我正計畫把這批詩藝座談會的內容編輯成書，為詩社新成立一個「座談系列」。事實上，詩社成立都十多年了還做這些事，除了要藉此回饋詩社、報答老師外，主要是答謝一眾青年社員，感謝他們讓我感到詩社有希望、有前途。深信今天所草創或初擬的種種計畫，他日總會有青年社員接棒——世傑新編的《璞社青年社員評點集》，不就是最有力、最具體的證明嗎？

前言

鍾世傑

璞社有「璞社社務小組」之設，小組由鄺健行老師與朱少璋老師商議後，於二〇一七年九月成立，並由董就雄老師負責領導，以推展璞社社務工作。成員包括董老師、陳彥峯、李耀章、張志豪、余龍傑、陳皓怡、張軒誦、鍾世傑、嚴瀚欽、李敬邦共十位。董老師致力於增加璞社青年社員之出版機會和經驗，其目的除推廣璞社之創作成果外，亦希望從理論層面提升璞社之影響力，《璞社青年社員評點集》就是在此前提下的最新出版成果之一。

本書共匯集了十四位「璞社」有相當資歷的青年社員的評點文字，分別是余龍傑、李敬邦、李耀章、張志豪、張軒誦、陳彥峯、陳皓怡、黃照、黃榮杰、葉翠珠、鄧卓楠、鍾世傑、羅光輝、嚴瀚欽等人，是具備相當學術水準的古典詩評點集。評點者主要來自香港各大專院校，當中包括香港浸會大學、香港大學、香港中文大學、香港城市大學、嶺南大學、香港教育大學、香港珠海學院等，年齡介乎二十至三十餘歲左右，而他們本身亦是詩人，故代表了目前大專界青年詩人的創作理論水平。從評點中不但可見青年詩人不同的評詩風格，而且更可以由此察見香港古典詩壇的面貌，以及青年詩評家對香港古典詩壇發展所作出的貢獻。

是次書中編選了「璞社」二十二次詩聚月課的評點，如〈維港夜色〉、〈聯歡〉、〈智能電話歌〉等。每次評點，均經過點評者的反覆咀嚼、琢磨。這與「璞社」的詩聚形式密切相關，詩聚時，先由社友闡釋其作品的創作意圖，然後各社友就同一首作品發問及表達意見，再由較資深的社友作出評點，具有甚高的討論深度及嚴謹度。諸人評詩的風格各具特色：有的是評論為主；有的是評論加上圈點、批語；有的是評論加上建議改本等。（註一）可謂兼收並蓄，能夠帶引讀者從構思、結構、遣詞造句、聲律、技法、新意，乃至於時代感等不同角度鑑賞詩歌內容及從中得到創作啟悟。可謂既達評點者之心，又得詩作者之意。部分作品不僅提出可行修訂的方向，更有具體的修改示例。可以說，本書無論在賞析抑或創作古典詩等層面，均能為古典詩初學者和教詩歌創作的老師提供重要的參考素材。

註一：有關璞社成員的評點特色可參董就雄老師〈「璞社」成員評點述論〉一文，載《華人文化研究》，二〇一八年十二月，第六卷第二期，頁五五—八六。

說明及凡例

一　本書共輯錄了近十年璞社課作評點，共二十二會，由當次詩會主持負責。

二　璞社詩會採用導師制，由各大專院校資深社員負責指導後學、主持詩會、點評詩課等工作。

三　詩課評點者來自香港浸會大學、香港大學、香港中文大學、香港城市大學、嶺南大學、香港教育大學、香港珠海學院之本科生及若干研究生，以中文專業為主；部分為大學講師及中、小學教師。

四　詩課原有璞社老師作品，向不在評點之列，故並無錄出；其餘沒有評點之詩作，亦不作收錄。

五　評點者評點風格各具特色，主要從構思、結構、遣詞造句、聲律、技法、新意，乃至於時代感等不同角度鑑賞詩歌內容。

六　評語有的評論為主，有的評論加上圈點、批語，有的評論加上建議改本。

七　原詩句中夾註，改為註釋，列於詩後。

八　標點符號悉依原稿，不作改動。

維港夜色（五言排律，十韻以上）　李耀章評點

點評符號：○佳句　△未穩　▲聲律待細

維港夜色

蔡偉明

殘陽猶未盡，俗火競爭先。逸水連連薄，崇山渺渺煙。高樓千彗點，廣幕五光全。
彩夢迴蒼海，金鋒出夜天。迎風姿壯麗，遇雨意翩躚。鐵鳥飛星渡，玄舟晃甲穿。
非常晨晚景，不絕古今賢。喜樂繁榮世，和平快活仙。香城年月就，美港鬼神涎。
但使明珠耀，中華慶萬年。

評：首兩句以殘陽接俗火，先點夜色之題。逸水四句先後言山水廣廈，簡潔勾勒維港之貌。彩夢句起云幻彩詠香江，兼具其風雨之姿。鐵鳥句起蕩開泛寫，言香江百載繁榮盛世，並結以祝福寄願。全詩佈局清晰、條理分明，未見排律枝多葉散之弊，實為初寫排律者不可多得之作。

批：「殘」「俗」領題而寄慶為結，前貶而後褒。觀乎全詩，皆為頌詞也，未見其

轉折。試以「豔」「凡」代之，意下如何？若作者本有寄意，則可不改。詩用下平一先，故「逸水連連薄」句之「連連」犯韻。或可易之以「泱泱」，言水深廣貌，《詩經・小雅・瞻彼洛矣》「瞻彼洛矣，維水泱泱」。原句本為「逸水連連漪，幽山渺渺煙」，因「漪」平聲須改，然「逸水」對「幽山」，而「漪」亦對「煙」，皆名詞也。現改「漪」為「薄」，則未可為「煙」對，且渺渺可狀煙，連連難狀薄。故今試改為「商港泱泱水」。「高樓千彗點」句略為費解，蓋「千彗點」當為千彗點綴乎？千彗之點乎？須並後句「廣幕五光全」方得其意。又「千」亦先韻，宜避。今試為「高樓明月掛」。七句蔡兄易「旋」以「迴」，迴有旋轉、環繞意，若李白〈大鵬賦〉「左迴右旋，倏陰忽明」；有倒轉意，若《三國志・魏書・武帝紀》「迴戈東征，呂布就戮」；有返回意，若子美〈佳人〉「侍婢賣珠迴，牽蘿補茅屋」；有回避意，若陳子昂〈諫靈駕入京書〉「赴湯鑊而不迴，至誅夷而無悔」。故迴於本句，雖不至歧義，但語意未澈，不及下句「出」之有力。如以「縈」代之，是否合兄之意？「鐵鳥飛星渡，玄舟晃甲穿」句，「玄」屬先韻，且與韻同句，宜避。「晃甲」本已難明，今易「龜」以「舟」，則「龜」「甲」相連處亦斷，「甲」之所指更為費解。「舟」何以穿「甲」？

有待蔡兄商榷之。「香城年月就，美港鬼神誕」句，「就」用字略險，亦無不可。惟全詩一篇歡頌，突言鬼神，亦無實指，不合氣氛，尚可再斟酌。

維港夜色

余龍傑

船出尖沙咀，淘淘月上紗。輕煙迷遠岸，碎浪拍浮艖。國貿天門近，屏風樓影斜。
光搖千户醉，星落萬燈華。重入晶球幻，輕羅屑玉葩。流螢黃晚巷，燕蝶靠人家。
輪船停香港，滔波影劍蛇。如珠如寶景，若幕若棉霞。大道多黑髮，繁街滿碧車。
渾忘身所寄，今夜又煙花。

評：詩始以乘舟終以登岸，身處維港中央，所感所抒別有一番滋味。結尾以煙花蕩開，雖處鬧市而有遺世特立之感，韻味悠長。

批：「船出尖沙咀」，「沙」犯韻，又近韻位，宜避。起句言船，二句繪月，三四復歸海、岸，而五六言高樓，雖同述一景而跳躍頗大。以意運詩異於隨意為詩，故此景宜自遠而近、由低至高。今試擬首四句，「解纜爭雄地，飛身踏浪艇。孤煙投遠岸，蒼月蔽輕紗。」先言登舟、出海，再顧輪船吹煙而抬望銀月，因而高樓及目，復横看屏風樓全景為結構，看效果如何。「國貿天門近，屏風樓影斜」句，今按運意而先述用字。「國貿」、「屏風」，前者地名後者非，未對；如非地名，則「貿」、「風」未對；「屏風樓」為成詞，故可視之為三一一格，惟上句乃二二一，又未對；「樓」上下二意，可作「屏風樓」、可作「樓影」，而上句之「天」未有此效，故亦未對。論音，下句為陽平、陰平、陽平、陰上、陽平，讀之拗甚；又「樓影斜」易唸為「柳影斜」。以摩天廈對屏風樓，落想既新，亦寫實景，本為佳作。惟律句須從對偶工整着力，故此聯放之古詩可，今則費煞思量矣。未擬佳句，惟待詩者妙筆，恕罪恕罪。「光搖千户醉，星落萬燈華」句，佳。似船搖、似淺醉，意識流至此，方為上品。「重入晶球幻，輕羅屑玉葩」句，重對輕則「重（仄）入」未明，若「重（平）入」則未與輕對。又此句在可解與不可解之間，偶一為之可，切勿常用。「流螢黃晚巷，燕蝶靠人家」句，燕蝶屬「灰蝶科 Lycaenidae」之「藍灰蝶亞科 Polyommatinae」及「翠灰蝶亞科 Theclinae」，而詩者欲指之燕尾蝶本不存於昆蟲科屬，當為「鳳蝶科 Papilionidae」屬「柑橘鳳蝶 Papilio xuthus Linnaeus」之別稱。先論本義，燕蝶非燕尾蝶，故不可以省代之；再論喻意，詩者以香港男子二人組合 SHINE 之歌曲「燕尾蝶」寄興，本無不可，惟須詩人自註，否則讀者難以理解。又歌曲自有寄意，今詩人欲攝全歌喻意於曲名，既有二字統全曲之難，所喻意亦去本詩遠矣。試擬為「流螢黃晚巷，孤燕庇人家」。「輪船停香港，滔波影劍蛇」句，前者過白，倒不及原句「船慢靠香港」。又此句平仄當為仄仄平平仄，原句孤平，改句「輪船」平仄誤；後者「影」重字，又以句意參之，當為「映」。此二句略近散文，未能接前段奇幻之感。試擬為「槳櫓隨波止，軨軿待板跨」。「如珠如寶景，若幕若棉霞」，此聯甚新，惜「霞」略湊韻，亦見費解。試換之以「火」「紅」，成「若火若紅霞」。「大道多黑髮，繁街滿碧車」句，原文「青髮」則平仄無礙，易之反誤。

維港夜色

李詠娟

曳影燈明滅，星榆落滿襟。迷離家萬户，淡蕩意千尋。望道知山遠，憑欄覺海深。
澄波橫素月，靜岸宿鳴禽。竹列傍幽榭，風來奏樂音。超然觀廣廈，不必拜華簪。
語默誠蕭索，詩騷可浸淫。流連愛清景，淅瀝透疏林。惟有塵囂外，能忘競逐心。
漫然隨徑路，啟步訪丘岑。

評：李詩友行文穩當，自有可讀處。細微處尚可雕琢，則非詩友之過也。

批：「迷離家萬户，淡蕩意千尋」句，「户」對「尋」未穩。古云八尺為一尋，《詩經．魯頌．閟宮》「是斷是度，是尋是尺」。按詩友所言，尋為尺度，即其意尺八千，固與户對，惟不免湊韻之嫌。另「家」「户」同意而「意」「尋」非，詩人欲以「户」「尋」作數對者未盡工。試為「迷離家萬萬，淡蕩意森森」，如何？「詩騷可浸淫」句，「可」勝初稿之「合」，而筆力尚可提升。「可」只為選擇之一，非目的、願景。試以「待」易之，化陳述為主體感覺，試其效果可否合意。「竹列傍幽榭，風來奏樂音」句，「奏」為動詞，則「傍」應亦然；「傍」

作倚意屬仄聲，平聲通旁則非動詞。故「傍」者或未對，須改。奏樂、樂音，二組同字而異義，既未對上聯「傍幽榭」，亦未收雙關之巧。又「音」略見湊韻。今試擬為「竹列藏幽榭，風來拂翠音」。「流連愛清景，淅瀝透疏林」句，以「聽」易「透」，或更能表現主體感受。末句「啓步」與上句「漫然隨徑路」意同，不若易之「載酒」，更合「訪丘岑」之意。

維港夜景聯句

吳曆恒　黃榮杰

世言香港景，（吳）夜色皎如霜。（黃）千廈維波映，（黃）排燈夾岸望。（吳）
留連迷幻彩，（吳）隱約蕩歸航。（黃）瀲灩星光道，（黃）繽紛藝術廊。（吳）
觀遊相照像，（吳）老少與成行。（黃）忽爾風華盛，（黃）悠然感興長。（吳）
東來英舶日，（吳）暮重九龍疆。（黃）復見明珠合，（黃）幾回煙火翔。（吳）
繁榮朝夕變，（吳）人事往來常。（黃）皇后遺名去，（黃）津鷗入夢央。（吳）
百年雖璀璨，（吳）即目已滄桑。（黃）

評：聯句為排，殊非容易。其中脈絡轉承，尤難駕馭。吳、黃二友是詩，述事顯明，感情暢白，已為示範，用字猶可有一、二斟酌處。

批：「望。留連迷……」，連下四陽平，嗚咽難言。如非必要，可易一、二，以見鏗鏘。「隱約蕩歸航」句，歸航未能「蕩」，此字未穩，宜改。「觀遊相照像，老少與成行」句，據作者言，觀遊分指遊客、導遊。字可新，意可創，惟新詞創字非必可行。如此濃縮，若非詩者自述，讀者亦難以明白；「與成行」對「相照像」，未穩，「與」亦見費解。有待兩友商榷之。「東來英舶日，暮重九龍疆」句，「來」實而「重」虛，又「重」似狀「暮」，而非作動詞用。不若易之以「鎖」，如何？「復見明珠合」句，「明珠合」者，當出「合浦珠還」。惟「合浦」為地名，今省為「合」以對「翔」，則去其本義而僅作動詞。然則，明珠不可合，蓋合者乃蚌也，須改。又「見」、「回」未對。「皇后遺名去，津鷗入夢央」句，前者一呼數應，甚佳，惜接句筆力未逮，且「津鷗」泛詞一出，氣、勢皆斷，難啓「即目已滄桑」之警結。「繁榮朝夕變，人事往來常」句，略見平常，尚可煉意。又自「復見明珠合」句至詩末，結構相對鬆散，未見上文下理必然之氣。原詩十一韻，以偶為結略異，惟格律已成，牽一句即動全詩，今且按下，待詩者斟酌。又韻字僅首韻「霜」、中之「疆」及末二韻「央」、「桑」為陰平。讀之沉鬱固有，而頓挫尚欠；結句最警，不論所抒者乃悵然慷慨或悲憤撼岳，宜配以音節之緩急、聲調之高低，方顯情切。「即目」入聲，收激昂之效；「已」者聲、義悠長，頓感一錯；「滄桑」雖非入聲，意復高昂。此中兩變者，愚讀之惑甚。詩人所抒者，當為何感何慨。小評擬詩如下，試看能否收「四弦一聲如裂帛」之效——「復見明珠奉，同歡虛火揚。云邦誠土割，曰后實名亡。乏力波瀾挽，苟安時代藏。百年空璀璨，即目獨滄桑。」

維港夜色——爐峯遠眺

李耀章

草筆初成，夢詩乙首，醒後題文俱忘，僅憶一韻，毅然毀稿而重為，特記之。

暮鳥催歸路，微涼聽落霞。徘徊逢謝葉，進退踐新芽。颯颯茫茫過，冥冥悄悄加。登臨應不悔，浹汗力前跨。夜幕迷窮徑，虹光透老椏。驀然天地闊，頃刻辱榮遐。銀帶琉璃瀉，人間爣烺賒。爐獅哀蟋蟀，汲鯉歎蒹葭。碩鼠禮賓府，九龍城塞衙。無忘革命地，猶唱自由花。蟻賤尤勤役，心安未愧爬。但祈星肯顧，處處是吾家。

自述運意：日暮，有動輒得咎之兆。雖冥晦前途，猶力登山巔。及見維港，美不勝收。忽發奇想，以為地上凡火皆天之助，故美者非必真美。下引〈蟋蟀〉言君無道，〈蒹葭〉言美人遠矣，借以刺政。革命言中山先生辛亥百年，自由花為六四歌。心安句，以溫總引《離騷》句生。詩惜維港夜色，抒天大地大，能心安者自有容人處之慨。

維港夜色（擬美人作）

李岐山

霜月下溟濛，孤松掛蝃蝀。柔荑生黛翠，華燈點唇紅。振袖鳴環珮，篦煙堆棹蓬。
妝成延日醉，幻彩激光籠。翠羽鴛鴦繡，玉釵蝴蝶風。琵琶彈琥珀，金屋說朦朧。
漠北明妃塚，長門皇后宮。霏霏和淚滴，夜夜灑階空。異代繁華似，一般悵恨同。
美人如有問，素手擇江楓。

評：立意新穎，以維港為美人，發浮華終同衰之慨。惟全詩虛，未見維港所在，可指任何地方、任何時空，故未算切題也。又全詩古雅，突有「幻彩激光」句，於風格不合，亦未能以之點維港也。

批：「柔荑生黛翠，華燈點唇紅」句：「荑」、「燈」皆平，失對。今試添維港意為之，「柔荑修黛翠，閃飾映唇紅」。「振袖鳴環珮，篦煙堆棹蓬」句：篦者，竹片、牛骨或金屬製之細齒梳，用以去髮垢，又為髮飾。杜甫〈水宿遣興奉呈群公詩〉「耳聾須畫字，髮短不勝篦」。今「篦煙」意未明，亦未對「振」，須改。擬作「長袖中西舞，良緣左右通」句。「妝成延日醉，幻彩激光籠」句，上句亦為可解與不可解之間；下句之「籠」費解，當為動詞乎？當為名詞乎？又去美人遠矣。「翠羽」一聯亦虛。今亦試添維港意，擬為「新妝延幾許，幻彩化朦朧。星沒尖沙咀，凰辭大道中」。「琵琶彈琥珀，金屋說朦朧。漢北明妃塚，長門皇后宮」聯，首句似典非典，二、四句同指漢后陳氏，句三用明妃典。若以古托今，宜四句分用四典，且典事需明，方收排序悲慨之效。試擬為「魂芳下邳月，花謝馬嵬戎。越國悲貞女，陽關泣落鴻」。「霏霏和淚滴，夜夜灑階空」句，「滴」為動詞，「空」為形容詞，故未對，試以「霏霏凝淚冷」代之。「異代繁華似，一般悵恨同」句，後者孤平。又繁華未切美人，此聯述意亦甚白。不若易為「世代榮華似，瀛寰悵恨同」。「美人如有問，素手擇江楓」句，「江楓」一詞語出張繼〈楓橋夜泊〉「月落烏啼霜滿天，江楓漁火對愁眠」，向有二說。一為詩人夜泊楓橋（又名封橋）江村橋，二為江畔楓樹。如取前者意，則非指維港；若用後者，則香港既不以楓聞名，又以楓為名之楓樹街、楓樹窩分置深水埗、青衣，皆與維港無關。故以此作結，雖能重點月落霜滿天之蕭瑟、亦巧指香江，惟「楓」之湊韻，又使之下乘矣。擬為「一朝聲色老，誰悼水流東」。

維港夜景

張志豪

維港銀濤湧，東珠宵夜明。七洲名久播，萬客意深傾。兩岸摩樓傲，數船波影行。
激光編幻彩，煙火慶歡情。遺興由來地，商機起落聲。人頭千浪疊，尺土萬金衡。
美照徐徐製，鮮花密密呈。紙撕形貌俏，物作態姿精。眾事揮錢易，同源餬口營。
一彎清濁水，百載有無晴。

評：改作略勝原詩，主題清晰。惟收尾略急，尾聯未能上承全詩。海岸營役描寫尤細，為眾詩之最。然鋪排須慎，又小韻者宜避也。

批：「維港銀濤湧，東珠宵夜明」句，銀濤與後文之波影、千浪意象相同、相近，建議以維港其他特色易之，或為「維港霓虹舞」，如何？又東珠宵連下三陰平，夜陽去，讀之由高至低、復半高，明陽平，又回低處，三字聲調變化甚劇。又宵夜一詞，似就平仄而為。如今去前句，不若改為「南珠夜夜明」，使之易於朗誦。「七洲名久播，萬客意深傾」句，「名」犯韻；又上句張兄雖欲作「其名久播七洲」意，然下句為「萬客之意」，故似為「七洲之名久播」，易生歧義，對仗略見生硬，亦未開下文。「兩岸摩樓傲，數船波影行」句，摩天原意為「捫天」，故摩天樓、摩天大廈乃指高可及天之建築，今省之以「摩樓」則費解。「摩樓」為狀賓，「波影」為關連，二者結構未對。「波影行」之「行」若為動詞，雖可與形容之「傲」對，若杜公〈旅夜書懷〉「星垂平野『闊』，月湧大江『流』」句；惟「行」若為「行數」意，則其聲屬七陽，出韻。此處易生歧義，宜改之。今擬七洲四句「寰球聞熠耀，羈客伏晶瑩。兩岸瓊樓踞，雄艭白漪生」，試以光耀引瓊樓。「激光編幻彩」至「鮮花密密呈」句，結構宜細理之。即「激光編幻彩，煙火慶歡情」後，由慶歡接「人頭千浪疊」，再以「尺土萬金衡」下開「遺興由來地，商機起落聲」。最後方以商業活動「美照徐徐製，鮮花密密呈」

接起落之聲，更盡排律鋪排之功。今試擬：「華光激幻彩，煙火慶愉情。巨浪憑嘉客，千金贖半楹。由來遣興地，起落貫歡聲。美照徐徐製，鮮花密密呈。」「紙撕形貌俏，物作態姿精」句，有合掌之感。又動賓、詞組就音調序，略欠自然，若「態姿精」者，既似「太姿整」，「態姿」亦見生澀。「撕紙」故為手藝，倒以「紙撕」反費解。「物作」詞亦新，「狀物」可代之。試擬為「繪容才貌俏，撕紙鬼靈精」。「眾事揮錢易，同源餬口營」句，前者勝原句「皆使推磨易」，後者一句四陽平，讀之拗矣。「一彎清濁水，百載有無晴」句，作結本甚佳，惟與上文未接。「清」亦犯韻。原文以「港畔青蚨引，市民相顯榮」為結，固稍落俗套。今詩友大斧刪之，卻尾有不足，宜上下有所承。今擬：「獻藝同沽笑，披星合苦營。風雲能慣看，洪旱自恆耕。一掬香江水，獅山百載情。」以此作結，試效果如何。

（二〇一〇年詩課）

聯歡（五言律詩，限上平十四寒、下平一先韻）　張志豪評點

聯歡　譚凱尹

舊歲弱紅棉，今搖陌與阡。花飛群眾內，爾走樹籬邊。濕雨絲絲下，涼風户户穿。
敲門馨室暖，照面直相牽。

【自改稿】

聯歡候友

舊歲弱紅棉，今搖陌與阡。花飛群眾內，爾走樹籬邊。濕雨絲絲下，涼風户户穿。
開門馨室暖，照面手相牽。

點評：譚詩友雖初為詩，然構詞造句頗見嫻熟，全詩脈絡清晰流暢，讀之自覺明快溫

婉，景生目前。董老師評其曰：「遣詞熟練，意挺厚。」鄺老師析其大致云：「首聯寫花形，頷聯寫花與人之不同，並生人像，頸聯寫天氣，尾聯見人。」初稿原有若干未善之處，自改稿中已略加修飾，可喜是也。如原稿中之「敲門」未知「馨室暖」，今詩友聽師意改「開門馨室暖」。又「照面直相牽」欠明瞭，已改「照面手相牽」，佳。惟自改稿題為「聯歡候友」，與詩友所述其中作意有不妥合處，建議可改為「聯歡——赴約」為切。據同道理，「爾走樹籬邊」之「爾」似改用「我」為妥。

【建議改本】

聯歡——赴約

舊歲弱紅棉，今搖陌與阡。花飛群眾內，我走樹籬邊。濕雨絲絲下，涼風戶戶穿。開門馨室暖，照面手相牽。

聯歡二首

李耀章

新歲聯歡

芳亭不獨蘭，盈室自成歡。恭喜同心廣，發財齊體胖。番詩呈妙句，賓果獻金盤。玉馬松間過，頻將再一乾。

點評：耀章詩反用蘭亭典故，起首不俗。頷聯寫心身之感受、變化。頸聯具體描述活動，作「番詩」、玩「賓果」。尾聯收之以擎杯同歡。詩中次聯尤佳，貼題傳神矣。詹老師云首句寫蘭，惜後無承接。「玉馬松間過」亦顯突兀，不知玉馬松林之何來？即便句中暗嵌兩社名，亦非切也。故宜改之。淺見試改作「玉魄松窗照」，權作臆想寫景之句，未知可否？又「番詩」不符實，詩為漢詩，化番音而已，且試改「番音呈妙句」。

【建議改本】

新歲聯歡

芳亭不植蘭，盈室自成歡。恭喜同心廣，發財齊體胖。番音呈妙句，賓果獻金盤。玉魄松窗照，頻將再一乾。

蓬萊聯歡

依王遊域外，結伴飲中仙。妙韻風低草，金粼水接天。紅顏相顧笑，奇影暗揪牽。待結重臨侶，長崎對影連。

點評：此詩乃祈偕人「聯歡」之作。始寫出遊，繼寫勝景，再繪情態，收之以盼望。結構井然，用語熟練。惟詩中尚有一、二斟酌處。一、「遊域外」若改「瀛海外」似更扣「蓬萊」。二、詩中「影」字重用，建議第六句改「奇景暗揪牽」。

【建議改本】

蓬萊聯歡

依王瀛海外，結伴飲中仙。妙韻風低草，金粼水接天。紅顏相顧笑，奇景暗揪牽。待結重臨侶，長崎對影連。

春節聯歡

李岐山

金虎嘯層顛，紫鸞銜錦箋。新松獅領掛，璞玉郢歌傳。瓊漿斟不盡，嘉賓情益牽。忽來鐘鐸響，不意見嬋娟。

點評：岐山詩以物襯起，形象生動，筆調古雅，後半倍覺情真韻厚。詩以虎鸞起興，帶祥瑞、報喜之意。頷聯嵌兩社社名，寫兩社聯歡，佳韻流傳。頸聯轉進共飲情添，洋洋喜氣。收之以「忽來鐘鐸」、恍然見月，倍感回味。惟詩中頸聯上句平仄稍誤，第二字應用仄，第四字則應用平，且「不」字重用，「益」字亦不及「倍」，故淺見認為頸聯可試改作「瓊液斟難盡，嘉賓情倍牽」。此外，頷聯稍覺生硬，且璞玉不可歌或傳歌，建議可改作「新松獅嶺曳，璞玉錦篇傳」。如此，次句「錦箋」亦建議改「喜箋」，以避重用「錦」字。莽言勿怪。

【建議改本】

金虎嘯層顛，紫鸞銜喜箋。新松獅嶺曳，璞玉錦篇傳。瓊液斟難盡，嘉賓情倍牽。忽來鐘鐸響，不意見嬋娟。

聯歡

吳一盼

春風詞筆緣，兩社喜團年。尋味青松句，驚人璞玉聯。妙辭鑲片片，笑語醉連連。一盼岐山上，春風詞不完。

點評：一盼詩輕快喜樂，扣聯歡之意。首聯道出活動季候人物，頷聯寫兩社聯句，並以「青松」、「璞玉」嵌兩社社名，承上聯意。頸聯再述聯句及其他活動之情景。因一盼與岐山同組聯句有感，故得尾聯上句，並以「春風詞不完」回應首句「春風詞筆緣」，盼收首尾呼應之效。綜合諸師評議，建議改善有三：一、第二句「喜」字宜改「又」以表兩社再度聯歡之實，並令句意更飽滿。二、第三句「尋味」較生硬，宜改「玩味」。三、「一盼岐山上」句，將社友「一盼」、「岐山」之名鑲嵌於詩中，其意局限於社內流傳，社外人士不易掌握，故建議改「雅興由心發」。

【建議改本】

聯歡

春風詞筆緣，兩社又團年。玩味青松句，驚人璞玉聯。妙辭鑲片片，笑語醉連連。雅興由心發，春風詞不完。

聯歡

余龍傑

春花正月天，好鳥唱新年。美食鋪盈席，良朋坐接肩。傾杯同暢飲，對句有佳聯。俗悶隨風散，狂歌朗月前。

【自改稿】

聯歡

春花正月天，好鳥唱新年。美食鋪盈席，良朋坐接肩。傾杯同暢聚，對句盡佳聯。俗悶隨風散，長歌醉客前。

點評：龍傑詩直接下筆，瀟灑收結，情真句順。先寫花鳥節候，再寫聚會盛況，續寫聯句耍樂，悶散而終。貼題自然。於初稿，楊老師建議頸聯「傾杯同暢飲，對句有佳聯」之「飲」改「聚」，「有」改「盡」，以更凝練。今見自改稿已改，可喜也。又朱老師建議首句之「正月天」可改「掛露鮮」，更與次句相接，並更生動。

【建議改本】

聯歡

春花掛露鮮，好鳥唱新年。美食鋪盈席，良朋坐接肩。傾杯同暢聚，對句盡佳聯。俗悶隨風散，長歌醉客前。

庚寅璞社新春聯歡

黃照

師朋慶虎年，新聚自陶然。雅興逢騷客，詩懷托古賢。歡聲頻起落，妙句每流傳。此日猶回味，還須賦一篇。

點評：黃詩友詩自然順暢，扣題寫實，乃踏實之作。首聯點明聯歡緣起，頷聯寫聚會情況，頸聯寫聯句活動之類，尾聯收之以會後隨感，結構分明。惟詩中尚有若干可斟酌處，如「新聚自陶然」之「新聚」，既可指一年之始之首聚，但亦有與舊聚模式異，別組新聚之歧義。況且當中亦不能點出「春」字，擬可改為「春會自陶然」。又第六句之「流傳」，似與上句之「起落」對得不夠工穩，

「起落」乃二事，「流傳」近於一事，擬改用「承傳」或較佳。另第七句之「此日」，用得不夠準確，聯歡方數小時，未及一日，用「此聚」為切。

【建議改本】

庚寅璞社新春聯歡

師朋慶虎年，春會自陶然。雅興逢騷客，詩懷托古賢。歡聲頻起落，妙句每承傳。此聚猶回味，還須賦一篇。

聯歡

張志豪

尤鍾滁太守，雅席共歡聯。茶酒邀文侶，圭裘換墨錢。潮流通古韻，網頁貼詩箋。與爾擎杯醉，相期在百年。

【自改稿】

聯歡

豪情鍾太白，設席共歡聯。茶酒邀文侶，圭裘換墨錢。意新融古調，網闊繫詩箋。爾汝擎杯盡，相期在百年。

點評：綜合諸位老師與詩友會上意見，今成「自改稿」。詩以太白豪情引起，續扣「聯歡」，再承此展邀友暢樂之情之景，頸聯轉入創作意向與行動，終以同歡相約而結。

（二〇一〇年詩課）

智能電話歌（新題樂府）

張志豪、黃照評點

智能電話歌

譚凱尹

晨昏霧雨任時地，擦身而過不抬眉。打鼓連珠多雅趣，歌舞盡曉掌心姬。朋友無事各有各，八卦動態生活窺。借問茶室何處聚，柳暗花明定距離。更有視像傳食相，擺菜拍照樂不疲。單手能侃天下事，雙手又變打機癡。卻是罕聞慎對答，除卻處理公務時。昔時來電惜分秒，話短情多恐有遺。今時一聽電話響，大聲侃，隨意笑。

點評：一、賞析：淺白易懂，描繪生動。二、字詞：多見新詞，如「八卦動態」、「視像」、「拍照」等現代通俗語。此外，須注意意象之間的關連性和合理性，如「柳暗花明定距離」、「單手能侃」、「慎對答」等意思可再加以明確。三、用韻：部分韻腳如「眉」、「姬」、「窺」大可斟酌，另結尾「笑」出韻，可考慮改作「笑意隨」。四、建議：在作品中多用新詞、現代俗語是值得鼓勵。如何在古典詩詞中平衡通俗與典雅，更需要作者不斷嘗試和發掘。

智能電話歌

黃照

萬人俯首向炫屏，此物傾國復傾城。君不見掌上金蓮薄且輕，手揮指顧舞縈盈。旁人皆醉誰欲醒，可奈忘世亦忘形。方寸故可容萬物，原賴網絡生神力。君不聞案前蠹魚無需墨，自擁百城如椽筆。今古中外盡可識，天宇大道無終極。孤身從來兼多事，都云君子應不器。君不知聖人七竅都不閉，身心猶通口耳鼻。盡倚智能渾無意，誰憐有智竟無智。

點評：一、賞析：字句趨古雅，詩口流暢，效太白〈將進酒〉之風韻，不乏「君不見」、「君不聞」、「可奈」、「都云」等歌行常用詞，歌味油然而生。又立意用心，倘能妥善呈現，更上層樓。二、字詞：多見古雅詞語而缺現代意味。「盡可識」、「猶通口耳鼻」句意費解。三、結構：全詩若成三段，相互割裂。四、建議：三段之間可加以鋪敍，試以詠物、詠人、詠世，層層推展，緊扣主線，呼應立意。

智能電話歌

余龍傑

泠熒屏，照夜空。無筆無鍵亦玲瓏。觸控拖曳，身隨萬里風。行人競折頸，只緣家國在掌中。彩色穿梭次元裏，渾忘下車車已空。皆謂此物禍人寰，宴席無聲寂寞濃。十九經營無可得，光陰虛擲困庸庸。卻無道、物之以反，乃知性之極兇。清者之於濁流兮，濯足而氣益恭。本好物而徒負罵名兮，寧數其善恤其辜。中路迷兮人煙渺，翻掌心而復歸途。情已逝兮意憶昔，照片留而文字呼。清輝發兮接目，智能博兮懷娛。我欲因之起長歌，羨爾千嬌百媚萬人寵。警吾無以為物累，人生漫漫近乎勇。

點評：一、賞析：行筆如雲，意轉如水。「只緣家國在掌中」婉諷世人沉醉自我。「本好物而徒負罵名兮」矯正手機惡名。此猶如詩家為紅顏禍國平反，「西施若解傾吳國，越國亡來又是誰」。二、句式：靈活多變，前半近古體，後半近楚辭、散文。三、用字：「次元」可加註解，「十九經營」句意費解，「困庸庸」困字難接庸庸。四、用韻：「文字呼」呼字無力。

智能電話歌

劉奕航

指動寧關饞涎流，輕觸熒屏事事收。一機猶似花銷恨，為渠爭作俯首牛。隨拍新圖何需墨，存得倩影無省識。俊男頻聲喚真真，神女原非天國色。網絡通訊更傳音，旋復旋往字千金。有待無待孰高下，雲中錦書證情深。人間自古多奇器，渾忘玩物終喪志。古人幾許智若愚，到今多少愚為智。智能翻為智能誤，掌控反被控掌中。窮追潮流如盲目，爭奈萬人未覺仍匆匆。

點評：一、賞析：意清詞順。「饞涎流」、「俯首牛」、「字千金」等立意別具一格。二、字詞：融新詞於句中而不突兀，如「網絡通訊更傳音」、「窮追潮流如盲目」新舊詞如成一體。惟「花銷恨」、「無省識」意思略顯費解。「有待無待」連用時指莊子逍遙、無為的境界，而無期待之意，易生歧義。三、句式：形近七言古體，歌行味道稍微不足。四、結構：具層次。首四句點題，次八句描述電話功能，尾八句議論。五、建議：嘗試句式變換，加入散句，適時用頂真換韻。不妨參照盧照鄰〈長安古意〉，踵武前賢。

智能電話行

張志豪

天地玄黃萬事通，運籌帷幄一機中。巷尾街前低頭族，行走對面不相逢。股海樓市爭分秒，翻閱文件半刻鐘。遠近拍照畫聲錄，萬千音影日韓風。日韓風又歐美流，古典時尚兩勝收。臉書微信徐徐看，遊戲鴨士個個搜。圍桌飯聚盡無辭，肯向熒幕結相思。對座倏然一聲哨，屏中有話兩心知。人為財死東流矣，今有賣腎蘋果癡。蘋果攝人捧腎易，可憐蘋果易腎難。手機幾許連城價，志立心中慎獨安。數寸光陰留不住，點劃盡消入澒濛。流行玩物愚心外，賞石品茶伴飛鴻。

點評：一、賞析：詞意清晰，句意淺白。「行走對面不相逢」、「屏中有話兩心知」描述傳神。結尾言表個人志向，意境開拓。二、字詞：意思通順。惟部分字詞用法待斟酌，如「澒濛」解宇宙混沌狀，與光陰、點劃的關連有待深究。「鴨士」宜加註解。「攝人」攝字亦費解。三、建議：可嘗試韻隨意轉，脈絡更清晰。

智能電話歌

陳冠健

吾不恃妖嬈之態，平直四方，自有炫屏之光。吾雖無緋紅之肌，或漆或霜，當加麗彩之裳。吁！除卻女兒香，諒勝太真倚明皇。指掌按揉之，悲管清瑟固可揚，千里雁書也即翔，天下事，萬物理，五寸身藏。玄宗他日吾若得，縱有羞花空斷腸。人或叱我，天子不朝天，汪魏彫踈，褒妲不祥。何以咄！何以怪！漁得魚，筌泥忘，非筌所量。

點評：一、賞析：詩中以美人喻智能電話，形象傳神，「炫屏光」繪其形貌；「麗彩裳」述其外形。「指掌按揉」、「五寸身」等比喻得當。二、字詞：全詩用詞古雅。「妖嬈之態」、「太真倚明皇」、「悲管清瑟」化用古人句。亦見「雁書」、「羞花」、「魚筌」等詩詞熟語。三、句式：靈活多變，長短句錯落交替，得漢樂府之神貌。惟本月詩體實為新題樂府，於作品為詩課之前提下，須多加照應。四、節奏：隨詩意轉變，「或漆或霜，當加麗彩之裳」聞其歌吟之柔；「何以咄！何以怪！」見其呵叱之急。五、結構：結構分明，前半描述，後半議論。後部直抒個人見解，紅顏禍水，佞臣誤國，皆因「天子不朝天」。六、建議：可嘗試於立意、用詞上加強現代元素，以與古人區分。並應統一理路，消滅結尾之說理及曲折性，深入淺出為宜。

智能電話歌

陳皓怡

今人旦暮思何物？五吋屏幕勿遺忘。捧為珍珠捧為翠，掌中呵護輒身旁。手機型號朝夕換，款新肆意教鋪張。或黑或紅添姿彩，三星纖巧理衣裝。僅以微軀羅萬象，四海網絡任翺翔。我聞古有雁信情難寄，銀箋費淚話斷腸。輾轉反側緣底事，小別容後情更長。而今不復相思苦，驅來短訊急就章。千里幻作彈指下，兩指全為方寸忙。快照隨心憑即興，引筆旋可畫雪霜。取圖風物真似幻，掌上秋波盪渺茫。行遊之意不在景，柔焦淺笑自流芳。花顏到處參差是，美肌何妨靠磨光。辨貌誰復認故友，雪膚猶勝越女洗素妝。縱使相逢應不識，道來閒事祇尋常。結緣數載面書廣，相見未解認劉郎。日浹往來圖利便，人情短促無自量。君不見友儕同行寡言語，急急按鍵幾欲狂。垂首只取眼前事，劃地如蠣困空房。機器雖云巧，濫用切提防。莫為科技故，營營役役濟空囊。原是機械滲機事，不備純白機心揚。君不見世道日新心不古，智能雖利復有禍倚藏。

點評：一、賞析：筆調流暢，鋪敍有致。多層次、多角度描述手機之不同形貌、功能。從今古書信對比見手機之優，世人自作牢籠見其劣，引起讀者反思。二、字詞：詩中多見新詞融入舊詞之中，如「驅來短訊急就章」、「四海網絡任翱翔」不失古典情調。亦有以新詞構句，如「手機型號朝夕換」、「急急按鍵幾欲狂」見現代意味。三、建議：「驅來」、「無自量」、「劃地如蠣」、「機心揚」等詞可再煉。

智能電話歌

李耀章

千山萬水阻且長，不絕鴻雁送雙鯉。絕地雖死挾翼在，飛星加急八百里。征途取盡海陸空，家國細鉅無遺紀。素知萬金一尺素，朱墨難敵水火毀。可幸先賢妙法眾，隔空傳訊不用紙。諸侯烽火偶為戲，金鼓令諭微入耳。靈犀心聲信可通，電報暗號何所指。穿梭錯搭頻竊線，街頭乏輪撥巷里。江湖行走苦窮計，摩氏大哥大降世。

從此南北與東西，壺仙吐息剎那遞。已矣初臨病叢生，大哥難當體難細。頻率單調失言易，淅淅瀝瀝音凝滯。不久二妹數碼來，勤更霓裳譜新制。興歌引動蛇貪食，熒屏羽化彩芒麗。窗前埋首十載功，人間技藝千載替。蓼客剽竊闖科場，西門子侄黯然逝。如今進士高智能，宇內玄黃一掌凝。上通帝釋連珠網，入密傳音色與聲。押褻風魔眾生倒，甘為飴糖俯首營。連我微信因禍徹，從此相見不相稱。十指翩躚洛神舞，暗搗股海操降升。攏捻按撥兒嬉否，火龍吐舌萬國冥。翻盡如來掌中掌，多少糊塗幾分醒。百戰鍵盤虛實渡，阿鼻歌舞正昇平。

（二〇一三年詩課）

點評：一、賞析：雄篇巨作，足見才氣。詩分三部，詳述古代書信、早期電話之不足，而與今日之手機作對比。二、字詞：筆走龍蛇，詞句兼佳。「二妹」、「押褻」、「連我」、「微信」、「因禍徹」等現代詞語宜加註解。三、建議：可於詩正中部分加入對聯句式，乃師傳妙法，有助穩住全詩。另巧用頂真換韻，可令讀者更易掌握全詩脈絡、情意流轉。

鴨（體韻不限）

羅光輝評點

憶屯門公園湖鴨

莫家寶

清早平湖碧玉波，桃紅嫩綠岸邊多。青頭尖尾花黃鴨，結伴同游柳下歌。

點評：題目言「屯門公園」，惟句中無從得之。句中喜用顏色詞，如「碧」、「紅」、「綠」、「青」、「花」、「黃」諸色，然讀之未覺硬湊，富有童趣，甚為喜人。惟二句「桃紅」對「嫩綠」稍覺不工；狀貌全出則無須贅言「鴨」矣；另首句「清」與三句「青」同音，在絕詩中聲律略顯單調。

【建議改本】

碧玉平湖泛曉波，紅情綠意岸邊多。青頭尖尾黃衣客，結伴同游柳下歌。

讀安徒生童話《醜小鴨》，衍其意以書懷

葉翠珠

蛋破身投五濁池，黃毛軟掌臥疎籬。誰言碌碌無丰采，化作天鵝或有期。

點評：此詩取材自西方童話，作者借以書懷，匠心獨運，可嘉也：「五濁池」源自佛家語，用之寫西方童話，未覺突兀；「身投」有被動而無奈之意，貼切；惟末句「或」字似有成敗難測之意，與三句「誰言」之自信語氣不符。朱老師言或作「化作天鵝諒可期」，私以為更佳也。

黃色巨鴨

雷宏恩

黃身橙嘴龐然物，滾滾商機天上降。炯炯環凝購物城，歡欣笑遍萬家邦。

點評：此詩取材自早前在港展出之黃色膠鴨，別具創意。三句「城」字出律；末句「邦」字有湊韻之嫌，「萬家邦」可否意同「萬家」？另二句及三句連用「滾滾」、「炯炯」兩疊字，較為罕見，私以為不當也。

鴨有類

譚凱尹

荷莖仍在，清水秋深，一塘嘎嘎，撒粟來禽。寒玉添寒，腹飢不禁。家鴨撲岸，丰姿沉沉。眼角一瞥，有凫在林。非人所飼，不痛人心，高士興起，美酒先斟。謀之以餌，信之箴箴。逆旅索落，思恩就擒。徒手捏脖，肉骨縱橫。一凫之死，一鴨之生，應學鴻鵠，壯猛難征。

點評：凱尹以荷塘之景入詩，風格清雅，造語清新。詩中故事生動趣味，諷刺世間所謂「高士」及天真之「凫」等；句末「一凫之死，一鴨之生，應學鴻鵠，壯猛難征」，宕開一筆，富有哲理；作者想像力奇特，頗為可嘉。惟全詩寄意頗多，稍嫌主旨不顯。漫思詩中之「高士」是否當世人類禽流感之源頭耶？

鴨二首——讀魯迅〈鴨的喜劇〉

黃照

異鄉成朔漠，永夜寂無蘺。尺素書千字，何如詠鴨兒。

故人嘗北往，落寞剩誰知？深院惟咻鴨，歡顏不見疑。

點評：照兄步鄺老師之韻，取材魯迅之書。蓋余學淺，未曾拜讀〈鴨的喜劇〉，故未敢妄評；然詩人功底頗深，觀詩中意境蕭索，雖未讀魯翁之短篇小說，料小說中內容實為悲劇無疑。

詠鳧

劉奕航

蘆荻何采采，露結野渚涼。縈迴西風下，有鳧水一方。撥浪銜苔藻，刷羽弄衣裳。魚共成儔侶，洄沿各徜徉。每見群鳥返，斂翮聲高揚。自知飛不得，鼓翼無所央。沉浮隨泛泛，淹留亦尋常。清興悠然在，莫想天路長。

點評：奕航兄憑詩寄意，以鳧自喻，詩中「撥浪銜苔藻，刷羽弄衣裳」、「沉浮隨泛泛，淹留亦尋常」、「清興悠然在，莫想天路長」等句皆有弦外之音，使人共鳴。惟「央」獨字可否作「求」字解成疑；「魚共成儔侶」句「鳧」與「魚」成「儔侶」，恐不符鳧之習性。

憶齠年暫寄外婆家食鴨

陳冠健

憶昔齠年日，暫寄外婆家。聲不聞嬉鬧，但見人種瓜。慖慖何以賴？惟自攀籬笆。
朝時與蟻食，薄暮學啼鴉。無聊知我寂，攜我至庖廚。但見樊籠設，三四鳳冠朱。
翮爭中牢振，有雉佇若愚。其羽雲無絢，目美盼且流。弦月狀倒掛，喙黃何脩脩。
竊喜敦厚性，顒顒竟亡憂。告乃以家鴨，中心念其名。執木每佯擊，張翼呷呷鳴。
獨食手上粟，日久彌不驚。朝夕惟往覿，蹲踞共三餐。癡鈍人笑我，我意猶自安。
性近情固切，不作禽獸看。從來竟別日，豈待人長辭。尋遍未可得，詰問其何之。
直指盤中芋，所葬無頭屍。悱悱終成淚，恍恍我心思。于今早平復，但感雲經時。

點評：冠健兄善以古體敘事，娓娓道來，真摯動人。題目之「食」字音「自」，作「餵飼」解；余慚愧不甚諳古體，未敢妄評，私以為此詩句式多變，用字古雅，惟「執木每佯擊，張翼呷呷鳴」，句言鴨「張翼呷呷鳴」似未能寫出鴨之心理，致使是句用意頗為費解。謹錄諸師友意見一二：末句「但感雲經時」句意朦朧，似未能盡表詩中之意；自「悱悱」句始至收結過短，似未能將情感宣洩淋漓盡致，宜稍添筆墨。

家鴨二首

羅光輝

魚蝦滿腹羽難揮，嘎嘎綠頭終日飢。箇往羣來趨若陣，東潛西泳止於圍。
秋鴻掠影天驚遠，外客呼聲肉悔肥。人戀利名禽戀食，一般物理兩歔欷。

鴨浮水暖荇菜稀，村舍池塘啄細微。掌有連膚能助泳，翮無勁羽亦思飛。
三禽獨我詩家厭，千載由他野鳥譏。聞道九霄風雨急，何如日晚逐羣歸。

點評：余之拙作二首，一首貶鴨一首褒鴨，第一首尾聯原作「人死利名禽死食」，用「人為財死鳥為食亡」意，董老師言二者邏輯不同，不能作是比擬。細思深覺有理，欲保留議論之意，惟才拙更無良句易之，暫作「人戀利名禽戀食」，仍覺不妥，望來日改之。

膠鴨八絕句・豬（註一）贈鴨

李耀章

麥子名兜字仲肥，嘜頭遠播耀羣豨。新來鴨輩憑何貴？冒作珍禽不識飛。

註一：豬者，港產動漫人物麥兜是也。

膠鴨八絕句・鴨答豬

香豬何異小蜩鳩，進取不思空妒愁。未為清談名實誤，招搖發展向神州。

膠鴨八絕句・貓（註一）贈鴨

錦囊百寶無窮出，諸葛蘇生亦汗顏。論盡君軀大無用，何能何德列同班（註二）。

註一：貓者，機械貓多啦A夢是也。

註二：指貓鴨亦曾於海港城作大型户外展覽。

膠鴨八絕句・鴨答貓

我自游兮我自回，貍奴當懼躲城隈。若非吾體生金石，食住衣行莫可恢。

膠鴨八絕句・鶴贈鴨

清濁高低一瞥分，圭璋瘦我王肥君。同棲華表相親否？得道舒鳧未有聞。

膠鴨八絕句・鴨答鶴

瓊樓顧影悔成仙，怎得人間喜萬年。況復鬼神通一法，貪雞賂犬亦升天。

膠鴨八絕句・人贈鴨

昂藏海港半城牽，愣腦呆頭弄漪漣。閒坐偏能惹人顧，秋風破屋有誰憐。

膠鴨八絕句・鴨答人

黃膚萌樣億同胞，豪宅殘居盡我巢。疾苦從來非鴨事，香江血肉不如膠。

點評：耀章兄諷刺時政時弊之作甚多，於璞社諸友中別樹一格。是次效白樂天《池鶴八絕句》，仿作《膠鴨八絕句》組詩，各有旨意，不再贅述。詩中多用新穎之事物，亦不乏佳語。如「閒坐偏能惹人顧，秋風破屋有誰憐」、「瓊樓顧影悔成仙」、「香江血肉不如膠」等句，頗堪玩味；惟「食住衣行莫可恢」之「恢」獨字可否解作「恢復」之意成疑；另私以為詩雖有風化諷刺之用，然不宜太過，太過則有失雅正矣。詩中「香豬何異小蜩鳩」、「貍奴當懼躲城隈」等句貶義太過，刻意為之，恐失敦厚。余冒昧一提，盼耀章兄細思之。

（二〇一三年詩課）

題所喜閱讀書籍扉頁（五言古詩）

黃棨杰評點

題駱玉明《詩裏特別有禪》扉頁

張軒誦

禪理空無象，從君詩中尋。展卷清風至，靜心明月臨。有徑幽且曲，夾路竹森森。翠葉如玉潤，流光滿衣襟。疏星移冉冉，何處蟲鳥音？隱隱認精舍，縹緲白雲深。

點評：取材得其宜，禪意隱隱見。

題安意如《當時只道是尋常》扉頁

羅光輝

寂寥飲水句，涉筆雅翻新。古畫鄰原玉，麗語訴自身。異代懷才客，一般多情人。恨不如初見，玉琴惹輕塵。葬花風雨冷，醉愁詞酒頻。竟夕挑燈讀，感其文心真。

點評：運意嫻熟，細讀頓生滄涼之感。

題莫雲漢先生《一路生雜草》扉頁

莫家寶

當代輕古典，著書有誰知。吾師雲漢師，偏工舊體詩。五七律古絕，盡紀三地時。
猶看評論集，褒貶沒留遺。欲知當年事，此為金鑰匙。

點評：交代明晰，惟下字偏於實，稍欠詩味。詩中「沒」字表「無」或「無有」者，多見諸白話之作；此處宜易作「無留遺」，以合乎語體。又單音節之「沒」，詩歌中每每有「沉沒」、「隱沒」、「覆沒」諸意；或通「歿」以謂身沒，死也。莫君於遣詞用句，多思多煉，必有所精進。

【建議改本】

當代輕古典，著書有誰知。吾師雲漢師，偏工舊體詩。五七律古絕，盡紀三地時。
猶看評論集，褒貶無留遺。欲知當年事，此為金鑰匙。

題啟深兄詩集扉頁

陳冠健

蕩蕩且彬彬，軒昂盼有神。竟守飭躬道，所以治其文。營營于古敏，汲汲力求新。
豈恥多問寡，楷模業謂勤。詩中見學養，發言貴尚真。其氣山蒼勁，情思風動人。
久待成集結，而今喜得聞。立言亦不滅，千秋存黃君。

點評：黃啟深，予學弟也，早識於伊中之年。其集中亦有拙作諸篇，或唱和，或酬答。而陳君之作，同窗之誼，問學之景，直在其中。喜「其氣山蒼勁」，所喻者適切，若見其人其詩。然則「千秋存黃君」稍覺過譽；此語尤用於暮年而驚世者。詩集作者，後生可畏，待異日而定論之，不亦宜乎？

【建議改本】

蕩蕩且彬彬，軒昂盼有神。竟守飭躬道，所以治其文。營營于古敏，汲汲力求新。
豈恥多問寡，楷模業謂勤。詩中見學養，發言貴尚真。其氣山蒼勁，情思風動人。
久待成集結，而今喜得聞。立言亦不滅，風騷一黃君。

題裘錫圭《文字學概要》扉頁

葉翠珠

先祖觀天地，字符傳語音。文明其所繫，文化箇中尋。行真演隸草，篆籀承甲金。
形義須釐析，六書宜酌斟。概念舉其要，論評通古今。修學由此進，能博亦能深。

點評：以詩歌言「文字」，誠難為也。然此作脈絡有致，或敍或議，殊堪玩味。

題鍾曉陽《春在綠蕪中》扉頁

劉奕航

當年亭亭女，心事應何許。起伏如雲濤，倚欄久延佇。始云情竇開，依依迎還拒。
且從紙上書，每見繾綣語。回首舊遊蹤，東風已無緒。盼復曉陽來，長照綠蕪處。

點評：拿捏有度，情真意切，得見古風神緒。佳構也！

題古龍《多情劍客無情劍》扉頁

李耀章

俠客自多情，如何空五蘊。高風日月昭，不驕復不忿。三代天子幸，不及江湖隱。功名隨雲遠，艱難惟紅粉。濁世尋公義，探花刀聲近。

點評：喜李君此首。別出心裁，聲影動人。

題金庸《神鵰俠侶》扉頁

天問情何物，千古人間恨。先聖生法度，門户愁城困。使君徧滿道，不絕蘼蕪怨。鴛鴦逢亂棒，海角自繾綣。多少道貌儒，墓前當百頓。

點評：感慨橫生，想必金庸武俠小說之癡醉者。

（二〇一三年詩課）

秋（七言絕句） 陳皓怡評點

秋菊

龔純正

冰肌弱骨葉微彎，幾道馨香復幾還。獨放一枝誰伴我，不爭紅艷向人間。

十月寒風隱痛哀，東籬野菊任風裁。清貧願在高枝死，不作殘香落地來。

點評：二詩題為秋菊，依意言，其一應為初秋之菊，其二應為深秋之菊。二詩立意清高，取陶潛遺世獨立之意，純正同學年紀尚輕，有此心胸，甚為可喜。其一起句「冰肌弱骨」與菊未切，宜合秋菊之態；轉結二句言清高無伴，知音者稀，汝仍獨放人間，不與百花相爭。其二起承二句言野菊因風裁落地，以「隱」一字言哀，對應詩人獨放一枝，無人相伴之境地；轉結有力，與前痛哀營造強烈對比，化被動為主動。

潘志宏

秋風一夜往來頻，雨灑籬庭不見人。青嶽難回當日綠，黃花謝落別紅塵。

點評：志宏同學以秋之題寫花落之嘆，以花喻人，惜花如惜人，奈何佳人已逝，不可追矣。其詩用字質樸，感情真摯，表現中規中矩。起承二句以景襯起，轉結陷入回憶，追憶流年，惟美景已逝，佳人不見。

初秋二首

張軒誦

何處新來病美人，繁華灑落倍清真。吳宮傅粉輕羅日，不及晴溪翠黛顰。

捲土重來意興高，金風為劍菊為袍。千山鏖戰三更罷，霜葉連天噴血濤。

點評：軒誦詩孤高清淨而時有浩然之氣。此二詩一謂美人，二謂將軍，足見其氣格。其一起句即言初秋如病美人，自有一番意韻。初秋草木含黃，落花遍地，一洗繁華。轉結以「吳宮傅粉」襯托「晴溪翠黛」之風流，使人讀之如見西子。其二與其一風格迴異，全詩開合有度，下筆凌厲。起句落筆即見氣勢，承句「金風為劍菊為袍」乃勢之高處，轉句「千山」復又「三更」，一開一合，及以「罷」一字稍稍收勢，乃為托起結句之舉。結句「霜葉連天噴血濤」有力，字字泣血。

初秋登山　用杜牧〈寄揚州韓綽判官〉韻

莫家寶

白露登山濕路迢，紅花紫蕊未零凋。席披箕踞遨千里，樹下微風奏洞簫。

深秋雨景

窗前淅瀝樹西風，孤鳥棲簷念向東。瓣葉臺階猶濺淚，新枝嫩絮待春逢。

點評：家寶詩簡樸自然，用字淺白，立意新穎，能著微處。〈初秋登山 用杜牧《寄揚州韓綽判官》韻〉一詩，起承二句淺白，詩人登山路迢，猶幸花未零凋，轉結言己身逍遙，「奏洞簫」三字略嫌未穩。〈深秋雨景〉起句本平平無奇，用「樹」一字托起。轉句「瓣葉臺階」，二者連繫未足，讀者較難從「瓣葉」、「臺階」聯想到濺淚之狀。尾句「新枝嫩絮」令人費思，詩人本欲謂待明朝春時再逢新枝嫩絮，惟此句「新枝嫩絮」在前，令人有主語之感，若「新枝嫩絮」為主語，則事理上不符事實，尾句可考慮對應承句孤鳥。

秋寒感佔中

羅光輝

安能閉户躲秋寒？風雨滿城黃葉殘。縱使傷心花盡死，東君去向問艱難。

秋思

已乏閒情無病吟，西風昨夜又傷心。非關夢裏君為客，怪此秋來別樣深。

點評：光輝詩〈秋寒感佔中〉題為佔中，以秋寒寫時事，句句有深意，得見其胸中經國之心。起句「躲秋寒」初讀不順，愚初以為「避秋寒」音律更佳，惟細讀再三，則覺「躲秋寒」動感更強，質問更有力。承句謂雨傘革命之失敗，暗有「滿城盡帶黃金甲」之意。轉句「縱使傷心花盡死」有轉折之意，本期待結句以豪邁之語收結，詩人卻以「去向艱難」收結，如此，則「縱使」一詞不切，亦未足承接起句之問。

〈秋思〉寫秋思而無無病呻吟之感，大抵得力於起句直言，承句「西風昨夜又傷心」稍率。幸轉結二句情感細膩，筆法纏綿，補承句之不足。

秋傘四首

劉奕航

秋霖直下三千尺，打葉聲來勢欲摧。志士城中今十萬，一時舉傘向雲開。

何堪鐵骨抵秋情，風雨撐持天不明。十里群心無可訴，鏦錚猶自作商聲。

空房一柄似吳鉤，看罷誰禁老病愁。為主當年曾折骨，到今無用倚深秋。

移居我欲處山林，野外雲天意自深。秋雨偶來擎一傘，隨行偃蓋作清陰。

點評：奕航詩頗類隱君子，清高而有逸氣，此〈秋傘四首〉，其一其二借題發揮，實寫時事，有志士之力，其三至四則寫秋傘，隱隱有君子之氣，可見本色。其一起句借〈望廬山瀑布〉，承句借〈定風波〉，起承二句借太白、東坡之詩為己造勢，聰明之舉。轉合二句則寫實境，構想十萬志士齊舉傘之景，其無畏盡現。尾句「向雲開」用力未足，若作「向天開」如何？其二首句「鐵骨」、「秋情」，二者一剛一柔，以「抵」字相扣，引起承句「天不明」之愁。轉結呼應其一，轉寫革命頗現頹勢，雖心有志向卻無處可報，空作自解。其三以團扇筆法寫秋傘，作書生無用之嘆。首句「空房一柄似吳鈎」足見豪情壯志，惟今已老病無用，讀罷書生淒然。其四寫有用之傘，若配合其三，則可謂書生出世，移居山林，不作無用之嘆。承句「野外雲天意自深」意氣高邁。

秋聲

黃棨杰

向晚西風漸入營，寒蟬故作不平聲。悠悠地角紅棉路，千萬離家衛我城。

秋收

白露寒天第幾更，黃花遍地益淒清。誰家不覺音書渺，留滯街衢有所爭。

秋橘

枳生北土橘南隅，別樣天時別樣株。十載秋深竟移植，愚人自逞作耕夫。

點評：榮杰詩意巧而有新意，此三首名為秋景，實借題發揮。其一〈秋聲〉起承二句寫西風入營、寒蟬淒切點秋聲之題，實借「風聲雨聲讀書聲聲聲入耳」之意，轉結揭示首句「入營」之營何為，直指雨傘革命之事。惟尾句「千萬離家」未穩。其二題為〈秋收〉，實非農家秋收，起句指離家者徹夜無眠，承句「黃花遍地」暗指志士漸少，革命見頹勢。轉句言離家者音書渺，惟「誰家不覺」略費解，此問意義不大，未能托起尾句「有所爭」之勢。其三題為〈秋橘〉，實有洞天。起承二句暗寫政策，治國如種植，當因應天時地利，變易其法。轉結二句，則留看倌自行細味。惟尾句稍嫌露直，「耕夫」一詞有歧義，詩貴蘊藉，可避則避。

秋二首

余龍傑

其一　用杜牧〈秋感〉韻

白雲江水皆枯槁，葉落金風樹樹寒。寂寞離人垂淚處，天涯望盡倚欄干。

其二　用杜牧〈邊上晚秋〉韻記香港佔中

學運傾城撼九州，爾來月月勢難收。豺狼尸位多譏巧，難息離人萬里愁。

點評：龍傑詩淺白自然，立意明朗，格調輕快。其一擬古味重，塑造靜態畫面：白雲江水、葉落金風，離人垂淚，頗有畫面感。惟擬古味過重，稍欠新意。其二與其一風格迥異，題寫佔中一事，起承二句泛寫佔中事件，「傾城」、「爾來月月」略嫌未穩。轉結直白，若以「離人」指佔中者，則未盡切。轉句過於露直，詩宜含蓄。

（二〇一四年詩課）

羊（體韻不限）　余龍傑評點

無題

黎艷芳

歷煉洪爐徹夜燒，烹羊煮酒話無聊。斜風傘後弦歌渺，志道癡兒不動搖。

點評：此詩與羊有關者惟「烹羊煮酒」而已。就詩論詩，四平八穩，順口而出，惟字與字之間可更緊密。建議為意象建立形象或圖畫，以擺脱平實之束縛，增添詩意。

岩羊

鍾世傑

賀蘭山（註一）上羊群聚，腳踏巉岩角頂天。何懼懸崖千丈險？奮身騰躍遍峰巔。

註一：賀蘭山，位於中國，是全球岩羊分佈密度最高的地方。

點評：此詩糾結於末字，如「羊群聚」、「遍峰巔」，顯得較弱，詩以字字珠璣為佳，於此可多添詞語色彩、形容、指向或情緒，增強感染力。不過於初學者而言，能夠寫得如此穩當，已屬難得。

迎羊

莫家寶

俊馬揚揚蹄步去，皓毛犢首御天仙。吉祥載賜千家户，乙未新春進一年。

點評：此詩可注意煉字煉句，如「俊馬揚揚蹄步去」，疊字的運用可多斟酌。若「無邊落木蕭蕭下，不盡長江滾滾來」，去除疊字則不能表意，是為上品。

羊年有感二首

葉翠珠

其一

此物徵祥瑞。年年作太牢。求安而嗜殺。忍聽與章(註一)號。

註一：與章：羊，與章切。

點評：「此物」二字可換為形容詞，以添詩意。「求安而嗜殺」似散文句式，與上下不容。此句主語由羊轉換為人，應先作提示。「與章」之用法，見仁見智。葉詩友學識淵博，多用典故，鳳毛麟角，難能可貴。寫詩如先滿足基本表達，再追求與別不同，定當更上層樓。

其二

犧牲陳太廟。染血祭蒼天。觳觫存牛命。羔羊慘不憐。(註一)

註一：三四句，用梁惠王「以羊易牛」典，見《孟子．梁惠王上》。觳觫，粵音酷速，因恐懼而顫抖的樣子。

點評：其二比其一好。此詩的起承轉合聯結得不錯，惟「觳觫存牛命，羔羊慘不憐」要表達之意太豐富，十字未必足夠。「慘」與「不憐」意思相近，可除其一，更形精煉。

羊

譚凱尹

風吹無所見，只有草坡羊。跪乳春秋復，漫山晴雨滄。清嵐侵絨細，絮語入粱黃。五色徘徊過，三分染瑞祥。

點評：平仄、對仗宜多加注意。「只有草坡羊」、「跪乳春秋復，漫山晴雨滄」等句，可多推敲斟酌。以「侵」作動詞，實在可喜。

（二〇一五年詩課）

門（七言絕句） 葉翠珠評點

陳思穎

恨極晨光樹外斜，勤耕未必用錢加。遍身勞累原途返，門內音容背上家。

點評：以門代指家庭，謂家人肩負生活重擔，侵晨出而謀食，想倦歸已臨夕夜矣。何休謂「飢者歌其食，勞者歌其事」，是詩承此民歌之風也。首句「恨極」二字，朱師謂失之於直，斧為「薄怨」，以反語言之，可參。

李黛娜

粉黛紅樓意態嬌，桃花柳絮詠良宵。誰憐貧女蓬門倚，感此傷懷恨葉凋。

點評：首句以「粉黛」「紅樓」借言富家女，二句「桃花」「柳絮」化《紅樓夢》「桃花社」「柳絮詞」典，亦言紅樓嬌女。首聯似正寫又似諷語。三句為轉，以蓬門貧女反襯首聯，結句傷貧女身世，詩旨得見。作者欲以朱門蓬門喻貧賤富貴之別，惜一二句言嬌女而門字着意不深，扣題略嫌未穩，然詩中用事，見鎔裁之力。

鍾世傑

亂步階前夜漸深，望穿門孔遍無尋。忽聞匙轉歸音起，一笑梨渦寄賞心。

點評：全詩言候門之苦樂。一二句述夜深守候之徘徊惆悵，三句以聞鑰匙之聲轉入，末句狀相見而喜不自勝之貌。三句著一「忽」字，有突如其來之感，想必久候門前已慣，聞匙轉之音，竟在意外。以「一笑梨渦寄賞心」作結，候門歸者，誰笑誰賞，可堪玩味。

母校大門

莫家寶

經年別後再相逢，往昔良師未改容。一晌歡愉談彼近，韶光若水響昏鐘。

點評：以重臨母校門前起興，言師生久別再逢之歡快。惜光陰如流水，鐘聲催人，與李益〈喜見外弟又言別〉詩之「語罷暮天鐘」句情似，此中真意可感。諸師以「一晌歡愉」四字與李煜〈浪淘沙〉「一晌貪歡」句語近，後主之句傳誦，讀者見此四字易生聯想，故以此語言師生情誼或欠妥，不妨斟酌。

天門

張軒誦

此地長傳倚帝閽，朱輝遙看透青雲。衝天欲倩飛雲磴，排闥登堂四海聞。

點評：此自勵詩，以登天門喻己之遠志高懷。首言天門之遙，次言欲登斯地，雖難而不捨，以登堂入室、四海聞達為願。長於用典，遣詞亦與詩題相配。

譚凱尹

夾道行人向晚風，川流各志寂寥窮。街頭滿笑堆和氣，閉户猶誰可與同。

點評：悲巷里鄰人相見竟同陌路。言行人各懷其志，縱滿街堆笑，然各各歸户閉門，無有相應之聲。三句「街頭滿笑堆和氣」，以反語諷之，引出末句「閉户猶誰可與同」，傷如今城市人情之冷漠。

巴力門（註一）

黃棨杰

入場有票可爭鳴，左右專員意氣生。旋轉法門終一局，幾多舊黨與新盟。

註一：議會或國會，舊音譯「巴力門」（parliament）。

點評：言國事議會，借音譯「巴力門」扣題。全詩敍寫議會制度，夾敍夾議。一二句言議員之當選及議事，三四句以旋轉法門喻議員、政黨之新舊交替。詩意虛中有喻，又實有其事，虛實中予人想像。

自由門（註一）

余龍傑

遍置城中暗往來，雲門專為自由開。遙知牆外佳人笑，偷到東洋豈欲回。

註一：自由門乃國內翻牆軟件。

點評：言國內網民翻牆之風，虛實間見作者之妙思。自由門非實構之門，又真有通向自由之用，一二句言之。三四句道網民欲至國外網域，乃為一睹佳人笑貌，且流連忘返。作者旨在諷刺眾人慕自由非為高義，只求聲色之娛，惟此意於字詞間似未明晰，不知乃眼拙未察，抑作者有意晦隱歟？或可下註語以明詩意。

隨意門

李耀章

紅塵人禍厲天災，欲效秦人避世來。忽有神門可隨意，荊扉卻問向邊開？

點評：悲災禍連連，卻欲避難避。一二句言世間「人禍厲天災」，有意仿效秦人避世。三四句言縱有無處不可往之門，竟不知何處可安身，悲樂土之難尋。末句「邊」字為粵方言，何處之意，以方言入詩，本無不可，運用得宜便是，然此處用之，當歟？或可斟酌。

（二〇一五年詩課）

七夕（五言古詩）　　鍾世傑評點

七夕·重遇　　王錦虹

七月金風起，紅豆堪折枝。自從君蹤現，再逢惹相思。長夜輾轉度，月下繞青絲。只羨銀河星，織女牽牛癡。倚窗傳尺素，苦無信物依。

點評：主題明確，內容旨在借時節抒懷人之意。詩首先以「七月」道出時間，再用「紅豆」帶出情愛之主題，三、四句直寫思念之因；五、六句寫思念之情狀；七、八句藉「織女」、「牽牛」表明自己用情之深，對君癡心一片；最後兩句道出思念之苦。詩句流暢，但部分詞意不顯，既無「信物」，何以「相思」？詩中未有明言。試以「懷思」代「相思」。「長夜輾轉度」，主語略嫌不清，可改為「輾轉度長夜」。另外，詩中部分用語尚可精簡，「七月」非專指「七夕」，而「月」重複使用，建議將「七月」改為「七夕」。「只羨銀河星，織女牽牛癡」中「銀河星」、「織女」、「牽牛」意思相近，而以「癡」直接言「織女」、「牽牛」略有不穩，可改作「只羨河漢女，心為牛郎癡」，以說明羨慕織女對牛郎癡心一片。

【建議改本】

七夕金風起，紅豆堪折枝。自從君蹤現，再逢惹懷思。輾轉度長夜，月下繞青絲。只羨河漢女，心為牛郎癡。倚窗傳尺素，苦無信物依。

譚凱尹

河漢清且淺(註一)，首尾不相望。千里一期會，多少列成行？跳踏飄搖鵲，仙履早千瘡。凡人能乞巧，何以渡洪荒。牛郎不針黹，夜盡路還長。

註一：《古詩十九首．迢迢牽牛星》：「河漢清且淺，相去復幾許。」

點評：詩大抵寫牛郎、織女相見之困難，但結構未算緊密。首句直引《古詩十九首．迢迢牽牛星》句，說明相見之難；三、四句用「千里」表示距離之遠；五、六句以踏破「仙履」而顯示路程之艱險；七至十句言凡人能透過乞巧慰解不能相見之苦，惟牛郎因不懂針黹而無法排遣思念之愁緒，故深感時間之長、距離之遠。詩意頗具趣味，惟部分用詞意思不明。首句寫牛郎、織女一河之隔，次句用「首尾」似有不當，可考慮改為「引頸」，以帶出思慕之情；第三句「千里」言距離之遠，與首句「河漢清且淺」之意相違，可考慮改為「秋期終一會」，以突出相會之困難；第四句「多少列成行」應指喜鵲排列成橋，但前文未有提及，宜改為「喜鵲列成行」，以通其意；建議將第五句「跳踏飄搖鵲」改為「星橋途未窮」，以便與第六句「仙履早千瘡」形成對比，加強詩句的張力；詩中未有解釋「乞巧」與「渡洪荒」之間有何關連，建議改作「尚把情暫忘」，將詩末四句互相扣連。

【建議改本】

河漢清且淺，引頸不相望。秋期終一會，喜鵲列成行。星橋途未窮，仙履早千瘡。凡人能乞巧，尚把情暫忘。牛郎不針黹，夜盡路還長。

乙未七夕

李耀章

迢迢星河居，皎皎香港女。營營粗稚手，噠噠鍵機柱。牛衣不成家，泣涕零如雨。情愫今漸淺，加班複幾許？顏文一訊間，脈脈不得語。

點評：詩句透過仿《古詩十九首．迢迢牽牛星》用詞及句式，以製造戲謔效果。另外，詩中運用「香港女」、「加班」、「顏文」等新詞，嘗試為古詩注入時代之感，以嘲諷今人之時態，惟受體式限制，難以暢所欲言，如不依前人，可以發揮的空間更大。最後，「複」應為「復」，表示再次之意。

（二〇一五年詩課）

帝王（自由體）　李耀章評點

○佳△未穩▲聲律待細　評：全詩總論　批：文句細批
擬：非必為佳，謹試以別法拋磚，以引方家良言

評帝王有感

詠帝奇難論更難，無涯典籍耗心殫。不祈功立求無過，以答方家仔細看。

劉後主　廖韋堯

投戈放甲帝門開，但為生靈弭禍災。國辱佯忘能保命，焉知後主是庸才？

評：本詩以七絕四句，分寫三國時代蜀主劉禪降曹及樂不思蜀二事。首二句能代劉禪言，「但為」轉折自然。惟上半為民捨國，志行高尚；下半為己受辱，苟且偷生。則後主之形象、氣度殊異，形為一詩而實二，須再斟酌。詩律流暢，亦致結句詩意未凝，難發深思。

批：「放甲」詞新，尚能達意。若無別指，「解甲」為宜。「投戈解甲」語熟，可略

錯為「戈投甲解帝門開」，亦順名動。「但為」二字有力，令後主降曹事提升至為民之舉。「生靈」可指平姓，亦泛指生命。本詩代劉禪言，云其憂天下之「生靈」，似略過其實；言其憂巴蜀之民，則恰如其分。試以「遺民」代之，以應詩作原意，復扣蜀主之職。「能保命」僅指一己之命，非以蜀國大局為重，難承上二句為民犧牲之大義，亦示劉禪卑微，似非末句欲表達之意。試借勾踐史蹟，喻劉禪保命或只為他日東山再起，以引結語。結句反詰，惜前句未證後主之明，故難論其非庸。

擬：戈投甲解帝門開，但為遺民弭禍災。故國佯忘薪暗臥，名留千古一庸才。

詠苻堅

呂牧昀

旌旗銳甲三軍令，鐵騎橫江斷水鞭。雖與霸王同一恨，只因夷狄少人憐。

評：本詩前半略述南北朝時期前秦君主苻堅史蹟，後半提項羽並論。二者皆功虧一簀，惟漢夷之辨，致項氏能留霸王之名，苻氏則無與其功業相對之稱。以三句凝出己見，能發深思。結語或引紛論，則非關詩事矣。

批：「旌旗」句臚列戰爭之物，惟略見鬆散。或可引八公山草木皆兵之典，以應次句投鞭斷流之故。「鐵騎」在陸，除非行舟，難以「橫江」。「只因」句為詩眼所在，鮮明有力。

擬：八公草木疑兵伏，不及雄師斷水鞭。雖與霸王同一恨，只因夷狄少人憐。

項羽

劉沁樂

蕭瑟殘垣悲項籍，烏騅蹄疾混芒中。須臾垓下兵難復，應悔鴻門縱沛公。

評：本詩用秦末西楚霸王項羽事，詩意明晰。惟前人多有唱詠，且詩中事多有可議處，宜細察史蹟，從中翻出新意；或鍛句煉字，以筆力取勝。

批：「項籍」，詩題已聞項羽名，如非必要，無用再述。「混芒」語堪細味。混芒者，太古未開、天地化合之混沌也，《莊子．外篇．繕性》有「古之人在混芒之中，與一世而得澹漠焉」語。以此形容楚漢之爭，頗切不穩政局之晦明變化；又「芒」亦作芒草，可視為疾蹄踐草。據《史記．項羽本紀》，鴻門宴後，霸王於「彭城靈壁東睢水上」以三萬精兵「大破（五十六萬）漢軍，多殺士卒，睢水為之不流」，本有奪天下之勢，故其敗不在「鴻門縱沛公」；及後，「漢兵盛食多，項王兵罷食絕」，項軍漸失優勢，惟於垓下突圍時，項王仍能「瞋目而叱之，赤泉侯人馬俱驚，辟易數里」，故非「須臾」之事；據烏江亭長言，其時「江東雖小，地方千里，眾數十萬人，亦足王也」。然項氏以為「天之亡我，我何渡為。且籍與江東子弟八千人渡江而西，今無一人還，縱江東父兄憐而王我，我何面目見之。縱彼不言，籍獨不愧於心乎」，終「持短兵接戰。獨籍所殺漢軍數百人。項王身亦被十餘創」，更落得「自刎而死」。由是推之，縱「垓下兵難復」，若項氏能忍一時之氣，捲土重來，則楚漢爭霸，或未易量。且以霸王之傲，其亡在天、在愧對江東父老，而非在「悔」，故結句未合項氏形象。

擬：不利天時埋霸業，烏騅相送愧江東。縱然垓下兵難復，不悔鴻門縱沛公。

詠李後主

周子淳

春花能使江含淚，變歷滄桑情更真。一闋新詞亡赤子，令人揮淚向江濱。

評：本詩泛寫南唐君主李煜，主述其詞感人，而未詳及其生平，亦未以事起興，令結句及至全詩感情難有所託；又詩中虛寫景物，首尾二句皆言江、淚，惟絕句體制較短，即使複用，亦宜深化、轉化。

批：「江含淚」，江即水，難以含淚形容。反之借花感時傷逝，春江使花含淚則可，亦扣後主「一江春水向東流」句。「變歷」詞新，如指「歷滄桑之變」而無殊意，宜用「歷變」。「滄桑」句，李煜詞前期多寫宮廷生活，難引共鳴；及後國破家破，其詞方真切動人。此句能暗扣後主生平變遷。「江」「淚」重出、「新」「人」同為十一真韻，宜避。「濱」非實指，未明揮淚何以須向江濱，有湊韻之嫌。

擬：春江能使花含淚，歷變滄桑情更真。一闋哀詞亡赤子，魂遊莫顧汴河濱。

康熙大帝

黃嘉雯

清音九野迴天地，白虎青龍舞月池。聖帝華年擒鰲拜，明君盛世鎮蠻夷。凡心欲斷子規啼，白髮無情江水知。故宮皇權誰可奪，親兒女眷靜中窺。

評：本詩寫清康熙帝事，首聯營造氣勢、頷聯頌其事蹟，脈絡連貫；頸聯欲以年月消逝過渡至尾聯皇權紛爭，惟「凡心欲斷子規啼」句未明所指，難與前半煌煌功業作鮮明對比；結語陳述未予褒貶，亦難為全詩作結。又雖云民族共融，詩人立意尚待明確。

批：「九野」既指天之九域（見《呂氏春秋・有始覽・有始》），亦指九州之地，已含「天地」意，試以「東北曰變天」扣之，以免冗贅。「白虎」句用漢人瑞獸，或未合女真文化；試以紫禁城飾代之，一避文化爭議，二示入主中原。「聖帝」二句，詩人稱康熙「聖帝」「明君」，又稱其伐者「蠻夷」。蠻夷者，東夷西戎南蠻北狄，華夏中原外之部族也。以漢史為軸，則滿清方為「蠻夷」；以清史為軸，則滿族入主，康熙所定之三藩（漢）、所平之噶爾丹（蒙）、所攻之雅克薩（俄）方為「蠻夷」。如詩人為清人、滿後，立意雖切身分，亦略遠當世之和諧；如非本意，則可以康熙廟號「聖祖」代之、鎮蠻夷等詞亦可斟酌。「鰲拜」為實指人名，「蠻夷」則泛指各族，對仗稍寬。「凡心欲斷」句未有所指，俗史云其父順治避世為僧，康熙則未有情史相傳。本句詩意稍晦，難上承下啓。「子規啼」仄平平，當為平平仄，律未穩。「故宮」為今世所稱，如述其時事，宜用其時名，若皇宮、禁城者。「宮」犯平頭，此處當仄。「親兒女眷」，康熙世有奪嫡之爭，而未見後宮如孝莊文皇后、慈禧太后等干政，女眷一詞尚可斟酌。「靜中窺」三字佳，能見深宮暗鬥。

擬：清音浩浩變天地，脊獸銅禽拱月池。聖祖華年平內外，人君亂世弭華夷。
皇袍生褶威嚴渙，白髮無情江水知。煒煜金鑾虛位待，禁城九子靜中窺。

王莽

嚴瀚欽

黃門不悌亂常安，直上扶搖借鬼神。可笑時賢無慧眼，周公豈是篡權人。

評：本詩以七絕泛論篡漢自立新朝之王莽事，首二句指評其惡行，三四句諷時人誤奉之為賢良，更為周公喻之，終致西漢覆亡。格律工整，詩意清晰。為使結語有力，史事必須穩妥，今猶有商斟處。又若全詩明褒實貶，諷喻或更辛辣。

批：「黃門」疑指王莽「拜為黃門郎」（《漢書·王莽傳上》）事，時為漢成帝陽朔三年；「常安」當為「始建國元年正月朔，莽帥公侯卿士奉皇太后璽韍，上太皇太后，順符命，去漢號焉……長安曰常安」（《漢書·王莽傳中》）事，距「拜為黃門郎」凡卅一年。長安作常安之際，王莽已成新帝，若以「黃門」代之，則未合時序。「亂常安」當指王莽新制多變，致「常安」混亂；而非王莽專制奪權，致「長安」混亂。惟下句「直上扶搖」應指後者王莽得位前事，故未穩。又全詩主述王莽得位前事，不宜用新朝時詞，以免相混。悌者，《說文·大徐本》「善兄弟也」。《漢書·王莽傳上》「莽群兄弟皆將軍五侯子，乘時侈靡，以輿馬聲色佚游相高，莽獨孤貧，因折節為恭儉。受禮經，師事沛郡陳參，勤身博學，被服如儒生。事母及寡嫂，養孤兄子，行甚敕備」，見王莽恭儉孝悌，而非句之「不悌」。及「爵位益尊，節操愈謙」，亦未見其「不悌」之名。王莽篡漢，謂其「不忠」「不臣」皆可，今言其「不悌」似未穩。「安」入上平十四寒，本詩押上平十一真，寒真古韻相通，此處用孤雁出羣格。「安」與「神」「人」以今粵音讀之，相距甚遠；然查今贛語南昌音之「安」與吳語杭州音之「神」「人」，則韻音相同。語音流變博大，僅此聊記一筆。承上，首句孤雁出羣押古韻，通上平十一真、上平十二文、上平十三元、上平十四寒、上平十五刪、下平一先，然則凡此數韻之屬字，皆押韻乎？詩中「門」入元、「賢」入先、「權」入元，未知有否相關定制，有待方家指正。「直上扶搖」未穩，《漢書．王莽傳上》載「時哀帝祖母定陶傅太后、母丁姬在……後日，未央宮置酒，內者令為傅太后張幄，坐於太皇太后坐旁。莽案行，責內者令曰：『定陶太后藩妾，何以得與至尊並！』撤去，更設坐。傅太后聞之，大怒，不肯會，重怨恚莽……後二歲，傅太后、丁姬皆稱尊號，丞相朱博奏：『莽前不廣尊尊之義，抑貶尊號，虧損孝道，當伏顯戮，幸蒙赦令，不宜有爵土，請免為庶人。』上曰：『以莽與太皇太后有屬，勿免，遣就國』」，可見王莽曾得罪傅太后獲罪，雖免貶為庶人，亦退歸新野屬地，而非「直上扶搖」。及「元壽元年」，「賢良周護、宋崇等對策深頌莽功德，上於是徵莽」，方再上朝。「鬼神」者，當為「鬼」與「神」，未可合為一義。王莽借天命以易攝政之名為假皇帝，事載《漢書．王莽傳上》「宗室廣饒侯劉京上書言：『七月中，齊郡臨淄縣昌興亭長辛當一暮數夢，曰：「吾，天公使也。天公使我告亭長曰：『攝皇帝當為真』，即不信我，此亭中當有新井」，亭長晨起視亭中，誠有新井，入地且百尺』」、「臣與太保安陽侯舜等視，天風起，塵冥，風止，得銅符帛圖於石前，文曰：『天告帝符，獻者封侯。承天命，用神令』」；王莽好鬼神，則載「(其子王)宇與師吳章及婦兄呂寬議其故，章以為莽不可諫，而好鬼神」事，惟未見其借鬼、用鬼。故謂王莽借神者，可也；言其借鬼者，未穩。「豈是」二字用於結句，可使評語有力。

擬：黃門孝悌攝長安，功德彌天有助神。可歎時賢真慧眼，周公豈是篡權人。

秦始皇

朱桂林

東西六國滅歸秦，南北邊疆皆服馴。願璽永傳朝運克，連城修築眾民辛。
雄師兵俑屯陵墓，壯麗阿房化泥塵。地下若來宮宴辯，坑儒尤記燬書恂。

評：本詩以始皇功業側寫秦王嬴政，而非為其代言或直言其人。全詩以泉下設宴作結，落想奇特。句三「願璽」似秦人語，然句四「眾民辛」自不想秦皇「永傳」，略見矛盾。又頷聯為生前政事，頸聯為身後葬儀，跳躍頗大，宜加轉接。

批：「六國滅歸秦」句，白話為「六國被（秦）消滅而歸入秦國」，語義通達。文言則生歧義，「滅歸」分指「六國滅秦」及「六國歸秦」，前者指「六國消滅了秦國」，六國為主動；後者指「六國歸入了秦國」，句式上六國為主動，而實為被迫。于史、于理，「六國」皆先被「滅」而後「歸秦」，即「歸秦」已含「滅」義，宜易「滅」以消此歧義。「邊疆」當指國境邊陲，秦時四境不平，南有百越、北有匈奴。故南遣屠睢、趙佗等伐越、甌，立象郡、桂林等郡。嶺南既成疆土，則再非「邊疆」；北派蒙恬，攻至賀蘭山，匈奴遠遁，則邊疆無民可「服馴」。本句意達，而用詞尚可斟酌。「願璽」乃人之所為，字前藏「人」，出句「連城」於此未對。「永傳」為形動之定中結構，「修築」為動動之並列結構，未對。「克」者，荷也、勝也、能也，然於「朝運」則意未明。「雄師」為形名定中結構，「壯麗」為並列形容詞；「兵俑」為名名定中結構，「阿房」為專有名詞。兩組對仗，後者較寬，前者宜工，皆略修一二即可。「地下若來宮宴辯」句其巧，上承兵馬俑、阿房宮皆埋黃土之意，復引後世多論秦始皇之功過，以「若」發深思。又儒士若能地下再辯，理應就坑義憤填膺，指斥秦嬴暴行。然詩人以為儒生尚為始皇之積威所劫，歷二千年仍恫恫不已，秦始皇暴君形象躍然紙上；又儒生所恫者，非一己之命，乃「燬書」之舉，士人風骨，可見一斑。未知詩人可有言外之意，本聯已甚耐讀，直是妙筆收結。然須有領聯轉化，方能見效。

擬：東西六國卒歸秦，南北夷蠻皆服馴。玉璽連城傳不易，人皇續命役千辛。雄奇兵馬屯陵墓，壯麗阿房化土塵。地下若來宮宴辯，坑儒猶記燬書恫。

悼李後主一首

霍詠儀

不敵干戈遜一籌，金陵殘夢挽難留。臨風窗下磨新墨，對月庭中寫舊愁。
半壁山河皆北去，六朝煙雨盡東流。可憐才子成俘虜，重返鵲橋到此休。

評：本詩虛寫後主一生，僅以詩題之「悼」及句七之「可憐」為眼，所哀者亦屬老調，宜翻新意。對句工整、音律平穩，然全詩皆為二二一二句式，可加變化。

批：「遜一籌」句，世評李煜篤信佛教，好生惡殺，而南唐亦非軍事大國；「一籌」為較勁後略遜之意，故與史未合。「殘夢挽難留」句，「挽留」指「留人」，今句中「留夢」，未穩。又殘夢非好夢，何以留之？落筆猶可細嚼。「六朝」句能顯南唐風貌。宋人馬令《馬氏南唐書．卷十三》有「南史五代之亂也。禮樂崩壞。文獻俱亡。而儒衣書服盛于南唐……故曰江左三十年間，文物有元和之風，豈虛言乎」，清鄭方坤《五代詩話》有「五代時列國以文雅稱者。無如南唐西蜀。非吳越所及」。可見南唐為五代十國時期之文化象徵，其亡亦可視為當代禮樂之亡。惟「煙雨」得其雅而未見其正，試以「禮樂」代之。「成」乏力，未見李煜之無奈，亦未顯作者之悼。試用「淪」代之。「重」者，再也。鵲橋虛寫，而前文未示伏筆，未穩。「鵲橋到此休」句為平腳句雙仄夾一平，屬孤平，須改。「到此休」指後主生平至此而休？或李煜到鵲橋永休？蓋「此」未明所以者也。

擬：不悉干戈莫展籌，金陵好夢覺難留。臨風窗下斑斑墨，對月庭中陣陣愁。
半壁山河隨北去，六朝禮樂盡東流。可憐才子淪俘虜，一盞牽機往事休。

秦始皇

楊煥好

七雄爭奪烽煙起，一統江山盡屬秦。滅趙降兵四十萬，焚書坑士近千人。
擴充宮殿囚徒匠，築建長城役吏民。霸業於今何處去，驪山陵墓俑傍身。
七雄一統盡歸秦，皇帝始稱無古人。破趙殺降兵冷血，坑儒焚典策殃民。
枉勞徐福求靈藥，空建長城抵外因。霸業於今何處去，驪山陵墓俑傍身。

評：詩人云欲言者甚多，難以取捨，得詩二首，實為一也。蓋尾聯無二，運意亦同。前三聯力斥秦嬴政暴，以諷其惟得俑隨身。已見詩意，惟遣辭用字可斟酌處頗多，宜加細察。

批：前詩「一統」句實為「（秦）一統江山」「江山盡屬秦」二句合一，前者秦為施事，後者屬受事，兩者宜統一。頷聯「降兵」未穩，一作動賓結構——降人之兵、一作定中結構——所降之兵。合全句觀之，下句當為「焚書」「坑士近千人」，則上句應為「滅趙」「降兵四十萬」，即滅趙並降其四十萬兵也。此說於史未合，蓋秦先殺後坑，非降而已，見《戰國策·秦策·秦三·蔡澤見逐於趙》「白起率數萬之師……攻強趙，北坑馬服，誅屠四十餘萬之眾，流血成川，沸聲若雷，使秦業帝」。如合史實，為「滅趙之降兵共四十萬」，則「降兵」屬定中結構，與「坑士」未對。「焚書坑儒」者，古來多有爭議，見宋鄭樵《通志·卷七十一·秦不絕儒學論二篇》「（其一）則知秦時未嘗廢儒，而始皇所坑者，蓋一時議論不合者耳」、「（其二）蕭何入咸陽，收秦律令圖書，則秦亦未嘗無書籍也。其所焚者，一時間事耳……臣向謂秦人焚書而書存，諸儒窮經而經絕，蓋為此發也」；明朱彝尊《曝書亭集．卷五十九．論．秦始皇論》「彼之所深惡者，百家之邪說，而非聖人之言。彼之所坑者，亂道之儒，而非聖人之徒也」。所坑者亦不過半千，「近千人」之言頗過其實，見漢司馬遷《史記．秦始皇本紀》「於是使御史悉案問諸生，諸生傳相告引，乃自除犯禁者四百六十餘人，皆坑之咸陽，使天下知之，以懲後」。詩人欲斥嬴政之暴而結語有力，則宜詳史實。「囚徒匠」「役吏民」者，「囚徒」為犯人，而無「徒匠」語，當作「囚徒」「匠」；惟以對句觀之，雖有「吏役」而無「役吏」語，當作「役」「吏民」，故兩者未對。又秦役民，復役吏耶？「何處去」語，霸業已逝，非「去」別處，試以「在」代之。「傍」收二聲，《增廣詩韻全璧》「傍。下平聲七陽。側也。與旁通。」「傍。去聲二十三漾。依傍」。今據詩意，傍身當用去聲意，故未合律。「倘傍身」與霸業對比鮮明，頗見諷刺。

後詩「七雄」句，「七雄」為韓趙魏楚燕齊秦，終由秦「一統」之，然「盡歸秦」則有秦歸秦之意。「兵冷血」罪兵而非責始皇，似未合詩人斥嬴政之意；又「冷血」為定中結構，下句之「殃民」為動賓結構，對仗未穩。「空建」句，上句詩人評秦皇派徐福求靈藥為徒勞無功之舉，故相對之下句以為抗外因之長城亦當如此。如秦亡於外族，則此言合理，縱建長城亦未收其效，故為「空建」；然秦亡於內亂，而長城於後世亦屢抗外侮，故不能言其為「空建」。又「外因」頗中性，未見外族威脅，有湊韻之嫌。

擬：六雄一統盡歸秦，皇帝始稱無古人。破趙殺降河溢血，坑儒焚典策殃民。枉勞徐福求靈藥，空建阿房惹敗因。霸業於今何處在，驪山萬俑默隨身。

唐太宗

周碧玉

玄武揮戈弟弒兄，冕旒遠勝五倫情。房謀杜斷賢才納，魏諫張(註一)言勉力迎。薄賦恤貧仁德顯，強兵逐寇狄夷平。史稱治世號貞觀，誰記當年不悌名。

註一：張玄素，著名諫臣。

評：本詩言唐太宗事，以其玄武門得政而始，頷頸二聯顧左盼右，再以其功業昭昭能蓋不悌而終，首尾相呼。詩口流暢，立意明晰，頷頸二聯皆用二二二一句式，可加變化。

批：「五倫」者，《禮記．中庸》「君臣也、父子也、夫婦也、昆弟也、朋友之交也」，皇權爭位，雖及五倫，若僅論唐太宗玄武門之變，則不及夫婦、朋友二倫。且五倫以道德為先，而情為後，故集中論其兄弟相殘為宜。句三所「納」者為「賢才」，雖可泛寫為「房謀杜斷」，惟句四所「迎」者為「諫」「言」，與之相對，則句三所「納」當為「謀」「斷」，而「謀」「斷」非「賢才」，故細處未穩。熟語成詞順手拈來，復易疏於細察，須加注意。「賢才」為名，「勉力」為形容，未對。「治世號貞觀」拗句仄仄仄平仄，此處宜救拗作平平平仄平。「不悌」為全詩落想處，史論少斥李世民之不悌，足見詩人深意。

擬：玄武揮戈弟弒兄，冕旒遠勝血親情。房謀杜斷寬懷納，魏諫張言勉力迎。薄賦恤貧仁德顯，強兵逐寇狄夷平。史稱治世貞觀號，誰記當年不悌名。

劉禪

李敬邦

孔明先主託，軍政一身兼。五丈星剛隕，成都夢正甜。
國非無大將，權盡委奸閹。忘蜀耽歌舞，臣衣涕淚沾。

評：本詩寫劉禪事，然首三句及末句皆言諸葛亮，則詩人欲悼孔明乎？欲責劉禪乎？如為襯托，一、二句已可，且五律體制較短，更須凝練。

批：「五丈」當指五丈原，然地名未宜切割。又「五丈星」乃天星於五丈原隕落，而非五丈原之星隕落，以之對成都之夢，未穩。「剛」者，堅也，強也，剛正不阿也。其為時間乃白話後之事，古詩宜用原意。頸聯為一一一二句式，中路錯其音律，能收提振之效。

擬：孔明先主託，軍政一身兼。天府星新隕，成都夢正甜。
國非無大將，權盡委奸閹。忘蜀耽歌舞，臣衣涕淚沾。

漢宣帝劉詢（註一）・身世

鍾世傑

未識牙牙語，飽經生險艱。五年冤獄過，落難走民間。

註一：西漢皇帝。初名病已，字次卿。

漢宣帝劉詢・愛情

少病禍頻臨，平君（註一）堅我心。豈曾忘海誓，故劍證情深（註二）。

註一：全名許平君，平恩戴侯許廣漢之女，漢宣帝劉詢的第一位皇后。

註二：參見《漢書・外戚傳上》「公卿議更立皇后，皆心儀霍將軍女，亦未有言。上乃詔求微時故劍，大臣知其指，自立許婕妤為皇后。」

漢宣帝劉詢・功績

俠骨亦師儒，揮兵抗五胡。依仁修吏治，惠化作功模。

評：五絕形制極短，以之論史極難，易流於複述，而不見詩人好惡。今詩人以三首五絕分述宣帝生平三事，己意不顯。或可合為組詩，以補不足。

批：〈身世〉「生」未穩，若為飽經生命之險艱，則過於白話；若為生出險艱，又未接飽經。「走」可煉。落難民間已能達意，未顯「走」之功用；若為「走難落民間」，雖略冗贅，然「落」含降貴之意，反有其效。〈愛情〉「少病」句易生歧義，少者，不多也、幼少也。今句少病當為不多病乎？為年少多病乎？蓋「禍頻臨」之「頻」為多，則句謂「不多病而禍多」乎？「年少多病且禍多」乎？「平君」句代劉病已言，平實而情真。「堅」既承少歷禍患，亦能一字突顯平君使其慌亂之心平定，足見情深。〈功績〉「功模」乃近世北語所創新詞，新詞入古詩本無不可，惟此意自有楷模、模範、圭表等語，故不宜以此等「新詞」入詩。

擬：《漢宣帝劉詢．身世》

世頌中興治，焉知九死艱。囚孤何所倚，真意結民間。

《漢宣帝劉詢．愛情》

病已（註一）禍還臨，無傷故劍心。宮闈不勝蔭，鳳輦（註二）誤君深（註三）。

註一：宣帝本名：；又稱帝後易名詢。借之謂巫蠱禍已，存命民間，然皇家禍事又臨。
註二：鳳輦，天子車也，借指帝座后位。又有言霍氏之禍萌於驂乘。
註三：君者，宣帝髮妻許平君，復指繼弦霍成君。劉詢登基之初，權臣霍光專橫，其妻霍顯更謀害許平君，以供女兒成君封后。劉詢終誅霍家滿門，成君亦自殺。

《漢宣帝劉詢・功績》
俠骨亦師儒，揮兵抗五胡。贏來萬家頌，難憶舊形模。

題唐玄宗

莫家寶

深宮女主餘波起，結士聯軍息鬥爭。改號開元圖盛日，革新去弊任賢明。
紅顏麗質華池水，蜜口金刀胖祿兵。終釀干戈潛蜀地，蛾眉縊逝棄深情。

評：本詩泛寫李隆基生平，自女主干政而始，至馬嵬妃逝而終。詩文以史事為主，宜加褒貶語，以免流於複述，亦可突顯玄宗形象。全詩律穩，用詞猶待仔細。

批：「深宮女主」未明，雖不礙全篇大意，然詠史之題宜嚴宜細。「深宮」即後宮，乃皇帝所居之處，女主當指母儀天下之后。據史所載，大唐自武曌立周掌政起，先後歷神龍之變（武曌）、唐隆之變（韋后、安樂公主）、先天之變（太平公主）。「深宮女主」若為為武曌，則其「餘波」當指其女太平公主。李隆基除太平公主後，初唐宗室亂事方暫告終，亦改先天之號為開元，合後文所述。然武曌自立為皇，已非深宮女主而已；若為韋后，其後之亂僅餘太平公主。然太平公主與李隆基合力除韋后，以韋后之「餘波」稱之亦未穩妥。且唐室女性亦可當政，其權爭不讓鬚眉，實為血腥殺戮之陽謀，而非「深宮」陰鬥而已。「餘波」頗切史實，李隆基所歷者，乃自玄武門起八十多年皇權爭鬥之末波。「開元」「去弊」雖同為動賓結構，然前者為號，後者之對較寬；又「盛日」為形名定中結構，「賢明」為名名並列結構，未對。頸聯二句分指楊玉環、安祿山，然句中未見玄宗。「華池」當指華清池，如非必要，不宜裁專名，試為「華清水」。「胖祿」指「肥胖的安祿山」，以白話句入詩，欠穩，亦未對華清專名。末聯主語欠清。承頸聯之字詞意，楊玉環安祿山「終釀干戈」；且「潛蜀地」，據史論之，則為楊玉環安祿山「終釀干戈」而玄宗「潛蜀地」；據字詞意，為楊玉環「蛾眉縊逝」且「棄深情」，據史論之，則為楊玉環「蛾眉縊逝」而玄宗「棄深情」。詩人深諳史事，惟轉化詩文之時，猶須注意文從字順。

擬：蕭牆尚有餘波起，結士聯軍息鬥爭。號改開元創興盛，肩齊貞觀重賢明。
紅顏指染華清水，外戚權招安史兵。重歷干戈潛蜀地，江山或保棄深情。

秦始皇三首

張軒誦

方士何憑逕謂儒，館藏猶有未焚書。都云秦禍斯為烈，若比當朝尚不如。

恩威能使神鞭石，冕服何妨親拜荊。我讀漢書今古表，蘭台堪信近公評。

江山萬里入斜暉，基業千年望早違。禪地封天知底用，鮑魚空載一車歸。

評：詩人以三詩分論秦皇，各自成篇，亦各有特色。格律工整，句式多變。其一首三句疑古，末句奇鋒突起，以古鑒今，又戛然而止，感悟尤深；其二多用典故，自言覽羣書而未信始皇僅暴，足見詩人治學嚴謹；其三概述秦國基業，終亦不敵死劫，落得一車鮑肆，令人不勝唏噓。三首雖各自成篇，亦隱見脈絡。其一先言秦皇之暴，未可信也；其二言秦皇之德，未可隱也；其三言不論德暴，終一死也。既能分詠，亦可合賞，詩人之心思明矣。

批：〈其一〉末句正合詩之風、觀，又不失温柔敦厚。〈其二〉「我讀」突顯詩人所見，避免詠史留於複述。且於句三一錯，正收轉句之效。〈其三〉「空載」未穩。

擬：〈其一〉、〈其二〉無可置擬。〈其三〉「江山萬里入斜暉，基業千年望早違。封地禪天知底用，可憐鳳輦載鮑歸。」

秦始皇

陳皓怡

帝位初稱王氣御，築渠置郡起輿圖。天威震迭民風悍，律法脩明漢制趨。
遂使九卿迎萬戶，終令六國鎮兩胡。還思史冊喧秦暴，只為當年強抑儒。

一死沙丘遺璽落，千秋霸業卒難傳。瀛洲遣使求靈藥，秦嶺為陵盼列仙。
地厭難封天子氣，禮失空祭泰山巔。扶蘇公子稱賢德，不轉君王伏劍年。

評：詩人以兩首七律詠秦始皇事。〈其一〉頌之，首三聯言其威武，於句七「還思」一轉，言秦暴之名非始皇之罪，乃因抑儒招口實。然前文未提秦行何暴，故未能與秦功相對。議論未深，令結語勢弱。又首頷二聯言統一後事，故詩中時序細節尚有可議處。〈其二〉貶之，以嬴政死沙丘而始，憶其平生所勞不改國亡事。尾聯筆鋒一蕩，以始皇長子伏劍作結，既應首句沙丘事，亦旁證始皇無道，縱公子賢德，亦無補於事。秦始皇之功過得失，歷代爭論不已。今兩詩各置褒貶，令詩意明晰，亦足見詩人心思。

批：〈其一〉「帝位初稱」，「號」可「稱」、「位」可「登」，惟「稱位」別義，指職位相符，漢荀悅《申鑒．時事》有「夫祿必稱位，一物不稱，非制也」句，且「稱」入去聲徑韻，未合平仄。可以「帝號初稱」或「帝位初登」代之。「起」可議，輿圖指疆土，「起」在可解與不可解之間。「天威」「律法」之對稍寬，前者為天之威，後者為律與法。「民風悍」者，戰國之秦民也。秦統天下，六國之民皆為秦民，似未可以「悍」一概而論之。「趨」，走也。漢初合秦之郡縣及先秦之封建為郡國制，惟不可言秦制走向漢制，未合時序邏輯，亦非秦制原意。趨亦作趣，同促義，可言秦制促使漢制誕生，惟此義入去聲七遇。「遂」、「終」時序未穩。以「終」對之，「遂」當作副詞用。「遂」一作終究，見《史記．卷八．高祖本紀》「及高祖貴，遂不知老公處」；一作於是，見《文選．李斯．上書秦始皇》「而穆公用之并國三十，遂霸西戎」。二者皆以前因而得後果。如此，即「築渠」「置郡」等事「遂」「使九卿」「迎萬民」。惟「使九卿」「迎萬民」當為秦國新統天下、

「築渠」前之事。秦時有二渠，都江堰成於公元前二五一年，為蜀郡太守李冰父子之舉，與詩題秦始皇無關；靈渠為秦始皇攻嶺南而築，其時已設九卿，收天下萬民。「終」亦同理，「鎮兩胡」乃一統後事，惟「令六國」則為一統之時，非關一統後之「築渠」事。故曰時序未穩。若本詩泛寫秦國，則無此問題；然秦始皇既繼莊襄王之秦王位，又開一統帝國之始皇，故須究其時序先後。又首頷二聯若為秦王事，頸聯為始皇事，則僅訂「築渠」而時序合矣。「令」疑未穩。令入下平八庚、去二十四敬，兩韻異義。庚韻，使令也；敬韻，命也、又律也。上聯「使」為派遣義，《左傳．桓公五年》有「夜鄭伯使祭足勞王，且問左右」句。與之相對為庚韻之使令，然「使令」為專詞，《孟子．梁惠王上》「聲音不足聽於耳與？便嬖不足使令於前與？」，似未可拆合而為「終」「（使）令」；若獨取敬韻命令意，則平仄未合。「終令」一詞，能辨為平聲用者，始見宋李彌遜《過留侯廟》「終令敵國寢戈矛」，清李含章（蘭貞）《秦始皇》亦有「終令六國還三户」句，共計僅十六例。然各詩猶須細考釋義，今未能定論。「六國鎮兩胡」為仄仄仄仄平，律未穩。〈其二〉「千」入下平一先，犯韻。「求靈藥」為動賓，「盼列仙」為連動，對未穩。「失」仄聲，此處當平。「賢」入下平一先，雖非韻句，宜避。

擬：帝號初稱王氣御，勤征置郡展輿圖。威儀震迭蒸民拜，律法脩明盛世趨。早設九卿容門户，完吞六國併夷胡。還思史冊喧秦暴，只為當年強抑儒。
一死沙丘遺璽落，春秋霸業卒難傳。瀛洲遣使求延藥，秦嶺為陵盼列仙。地厭難封天子氣，禮崩空祭泰山巔。扶蘇公子稱仁德，不轉君王伏劍年。

末代皇帝溥儀

黃棨杰

文殊亨利各呼名（註一），多少年華在帝京。陛下輪迴觀虎縛，人間出入羨鷗盟。遭逢烽燹蹈幽圄，惶恐東瀛輸大清。列祖由來無眼鏡，不如盲目看窮生（註二）。

註一：溥儀，西藏尊為文殊皇帝，又得英文名亨利（Henry）。

註二：溥儀有眼疾，英人莊士敦授其英語者，反覆交涉，始為購得眼鏡。朝中嘗以有違祖制，弗聽。

詠明史．崇禎帝（註一）

百二河山日月移，古槐無力哭京師。朝中初罷蕭牆劫，亂後誰揮大將麾。
雖有長城空顧盼，終愁故國一離披。留書卻道非庸主，此恨何年到子規。

註一：此詩榮獲二零一三年「中華大學生研究生詩詞大賽」優異獎。該屆詩組限題「初戀」、「詠明史」，任選其一。

評：詩人寫明清兩朝末帝事。清帝詩尾聯落想新穎，以溥儀眼疾與祖制之衝突，總其一生，以帝為主；明帝詩述其時天下大勢，難迴狂瀾，遺恨而終，以國為主。兩詩聯句頗多嘗試，雖未盡穩，可堪玩味，猶須細讀。

批：〈末代皇帝溥儀〉「在」較中性，未顯溥儀經歷，試擬為「幸」。「陛下」本為皇帝之稱，初望與「人間」之對甚寬。再細讀之，「陛」亦為宮殿台階，溥儀終其一生，雖冠皇帝之名，實多為陛下之觀眾。其後之「輪迴」亦暗示溥儀三上三落（清帝初登、張勳復辟、滿洲國帝）之生平，甚妙。「烽燹」「幽圄」、「東瀛」「大清」為當句對，能翻新意。「看」未穩，雖上承盲目，然未接窮生。試擬為「任」。〈詠明史．崇禎帝〉「一」未穩。「一」於句中未扣離披，作虛詞，聲調鏗鏘，然與「空」未對。空非無義，乃指顧盼亦徒勞。試擬為「正」。

擬：

末代皇帝溥儀

文殊亨利各呼名，多少年華幸帝京。陛下輪迴觀虎縛，人間出入羨鷗盟。
遭逢烽燹蹈幽圄，惶恐東瀛輸大清。列祖由來無眼鏡，不如盲目任窮生。

詠明史．崇禎帝

百二河山日月移，古槐無力哭京師。朝中初罷蕭牆劫，亂後誰揮大將麾。
雖有長城空顧盼，終愁故國正離披。留書卻道非庸主，此恨何年到子規。

曹操

余龍傑

○莫定奸雄論，英才堪倚天。短歌尤慷慨，古直卻流傳。（○○△○○）

評：詩人以五絕言曹操事，據史而論，曹操生前未嘗得帝號。然後獲太祖廟號，且功業遠勝史冊諸皇，故亦切題。五絕形制短少，難展長論。詩人獨論曹操文才，言簡意賅，正合五絕之旨。惟除首句外，餘者皆二一二句式，宜略作變化。

批：「定」者既有蓋棺定論之義，亦指世俗論調，與結句呼應甚切。「古直」用鍾嶸《詩品》「曹公古正，甚有悲涼之句。叡不如丕，亦稱三祖」典。鍾嶸評曹操之作為下品，詩人以鍾氏之下品至今亦復流傳一事，點出未宜盡據古人「定」論。此句既翻新意，又能回應首句之旨，佳。「卻」議論較出，頗見詩人本意。然本詩諷權威定論，言詩作好壞自有公論，今試以「自」代之。

擬：莫定奸雄論，英才堪倚天。短歌尤慷慨，古直自流傳。

（二〇一七年詩課）

自拍（五言絕句，限上平二冬、上平十一真韻）　陳彥峯評點

難遮喜意濃，往事恨無蹤。舉鏡成三者，情留熒幕中。　廖韋堯

點評：末句「中」屬「一東韻」，近體詩避押鄰韻。第三句「三者」所指為何？未易參透。此外尚扣詩題，略顯情韻，適度中節。

一鍵變丰神，功歸科技新。沉迷虛幻物，忘卻眼前人。

點評：末二句頗有警世之味，不俗；惟與首二句格調不一。科技有功，卻淪於虛幻，頌耶？詆耶？況未扣緊「自拍」之題。

莫嘆平原陋，栽培全在人。輕揮柔霧至，面貌忽離倫。　周子淳

點評：「平原陋」似用平原君以貌取人失門客之典，後句又云栽培修顏，語理相違；此典疑為誤用。末二句較佳，「柔霧」一詞頗見匠心，「忽離倫」亦屬妙筆。

本是輕狂客，忽然淚水粼。微觀終大悟，原是效西顰。

點評：詩意明晰，上下連貫。大悟效顰，輒然淚潸，可謂輕狂本色，惟真假自知。

黃嘉雯

銀屏照瑰姿，對影睹華容。幻夢春風至，訇然見芙蓉。

點評：首句「姿」出韻；「瑰」讀平聲，出格。「訇」當訓駭言聲（《說文》），不當。全詩寫少女芳齡自顧自憐，古來不乏此法，如義山《無題（八歲偷照鏡）》，嘉雯效前人而另有所託乎？

手可摘明星，光輝照麗人．求天公賜憫，許婦日容新。

點評：首句「星」出韻；第三句用「一二二」格，非常規。此詩略偏題旨，「明星」、「光輝」不必繫於自拍；末二句道出婦女情懷，頗為真實。

朱桂林

與君相自拍，各個抖精神。負篋西遊去，尋經可望真。

點評：「相」與「自」、「與君」與「各個」語義矛盾。末二句未扣詩題。全詩贈友感言，事真情真。

社交狂自拍，微信羡他人。網絡原虛幻，仙山尋太真。

點評：「狂」字欠雅。末句不無評議時弊之辭，但與第二句「羡」語義相牴，似羡非羡，教人費解。

自拍・拉康之鏡像認知

嚴瀚欽

已知惟快鏡，年少試微顰。攝罷花先老，猶憐顧影人。

點評：立意極高，援西方之哲理，繫自拍之題旨，論年歲之倏忽，理達而情悒。惟筆勢湍急，美中不足。

自拍修圖．異化世界

異化指間事，南風成美人。瀛寰一死水，徒照鏡前身。

點評：瀚欽詩沉鬱冷雋，本作可見一斑。「異化」、「死水」、「徒照」落筆甚重，意象蕭森，罵盡俗世修圖矯貌之造偽者，乃詩中警策。然瀚欽年事尚輕，觀物如是，大可不必。

周碧玉

一指機關按，熒屏出麗容。廣傳群組去，網絡報行蹤。

點評：遣詞直白，情理通達，而略欠情味。詩中多用現代語，略避之則較工，如末句「網絡報行蹤」宜改為「密密報行蹤」（「群組」已存「網絡」意）。

科技與時新，熒屏點抹頻。瞬間留倩影，自助作高人。

點評：「點抹」屬妙筆。末句原稿為「不求人」，改為「作高人」，不俗。

李敬邦

神器影隨身，應羞入鏡頻。他年觀昨我，空相指端陳。

點評：引佛家語嘲諷世人頻於入鏡，應羞不羞，虛妄愚昧，的是警句。「神器」為何物？詩中未點明，亦缺註釋，後人恐難解。

舉手攝衰容，修圖勝畫龍。雲端鴻雁影，逝水駐萍蹤。

點評：「雲端」語甚妙。「逝水駐萍蹤」亦佳，比擬貼切，足見巧思。然「衰容」一語略見偏頗，自攝者其容皆衰乎？則僧繇復生亦無點睛之效矣。

鍾世傑

自拍(註一)

天地獨遊人，搜求角度新。快門隨意按，鏡外笑聲頻。

註一：「自拍」解讀為獨自拍照。

點評：破題自立，別出機杼，並無不可。其人獨遊天地，搜奇留影，逍遙之態活見紙上。首句云「獨遊」，後云「鏡外笑聲頻」，是獨歟？非獨歟？引人遐思。

自拍杆

伸縮獨從容，菱花尋影蹤。韶光歸一瞬，聲色醉心胸。

點評：首句「獨」字不穩，從容伸縮非自拍杆專屬，可改為「甚」。「韶光」句甚佳，狀快門閉合，一瞬斂光，形神俱似。

譚凱尹

顏面須臾繪，留情景亦真。重溫相顧影，不見共時人。

點評：第二句宜改為「情留景亦真」，句式更工。第三句「相」字不穩，按句意應是獨看相片，宜改「單」。末句頗有「人面不知何處去」之情致。

桃花依舊笑，哪見別時人？慣捕尋常事，尋常意更真。

點評：第二句「哪」宜改為「那」或「豈」。全詩情感率真，辭清句暢，運轉自然。惟僅「捕」一字扣自拍詩題，略此則上品。

陳皓怡

綽約參差是，花容得太真。興來風物近，引筆畫圖頻。

點評：遣詞含蓄洗練，巧徵典事，一語道盡時下女子歆慕花容、引筆飾顏之習，洞察入微，非女詩人不能道哉。然自拍與修圖，是否等屬，可再斟酌。

快照隨心拍，孑然萬里身。高情經白眼，思作獨醒人。

點評：「孑然萬里身」喻自照廣傳，別出心裁。「經白眼」而「獨醒」，自得自重，氣概斐然。全詩跌宕生姿，縱束有致。

岑子祺

飾容留倩影，一按不求人。總羨屏中偽，時嫌鏡外真。

點評：末句對仗工則工矣，惟意思相仿，「羨偽」與「嫌真」近於合掌。詩意通達明晰，實事實情，易生共鳴。

自拍頻更博，勞神矯俗容。那知灰琯易，又近大年冬。

點評：首句「博」代微博，乏註則難解。末二句喻時人勞於矯容，而不覺光陰消逝，立意不俗，但略過其實。

余龍傑

邀君隨我後，對鏡照華容。瓜子當如面，纖纖笑意濃。

點評：自拍本一瞬，然詩人勾勒入微，「邀君」句意態溫婉，「瓜子」句花顏綽俏，表寫妻容，實抒夫愛，夫妻相戀相慕之情盡見。

君知非美人，妾亦效眉顰。自拍猶常事，纏綿情愛真。

點評：其二擬妻之口，答和夫婿，前後若夫婦酬唱作樂。夫眼中「華容」，妻自謙「效顰」，和鳴鏘鏘，對應妙絕。末句略欠蘊藉，惟新婚燕爾，情濃意密，理固宜然，旁人不得非議。

（二〇一七年詩課）

新婚（體韻不限）

余龍傑評點

賀耀章詩友新婚

李沛林

良宵永夜齊眉舉，同把匏杯徹底擎。秉禮仰慈承玉璧，開筵邀客倚金鶯。
拜將三世鈿釵寄，歸對雙星誓願盟。瑟語琴聲正細細，銀釭鴛夢且縈縈。

點評：「齊眉舉」典故、「縈縈」夢之悲慟，似不宜用於賀詩之中。「徹底擎」、「倚金鶯」語意似不明。詩歌內容未有針對耀章新婚。然用語古雅，「同」、「秉」、「仰」、「拜」等字見古風，亦見作者匠心，乃用心之作。「瑟語琴聲正細細」犯仄三聯，試改「瑟語琴龢方細細」。

訴衷情

廖韋堯

世間佳慶在今辰，笑語動行雲，月華高照鶼鰈，朗朗證新婚。　傾合巹，過紅茵，酌三巡。良宵須醉，共獻瑤觥，且莫嫌頻。

點評：廖詩友按會上師友意見修改作品，可喜。「動」富形象，然與「笑語」尚未算連結，「雲」本已「行」而又「動」之，配搭似未可。「朗朗」意巧妙。「傾」「合巹」余覺硬接，蓋「傾」與「合」皆形容「巹」，狀似「翔飛鳥」。宋人有「傾合巹，醉淋漓」句，「傾」能突出「醉」意，此處「傾合巹，過紅茵」正正經經矣。但我亦不可一概而論之。

新婚賀李耀章詩友

周子淳

蓁蓁春意早，邀得桃花仙。灼灼始欲茂，羔雁並堂前。皎皎樓心月，芝蘭共嬋娟。清風不改道，石定三生緣。眉似遠山黛，秋波脈脈傳。早同比翼鳥，靈犀自相牽。百年和琴瑟，繾綣意綿綿。日月入懷抱，鴻福得子賢。

點評：「桃花仙」似無實義，「月」與「嬋娟」太近而感重複。「眉似遠山黛，秋波脈脈傳」句後可加寫男生意態神情，詩句內容似少着落寫實，讀者難投入，如加強結構、層次，或更見深意。「灼灼始欲茂」、「石定三生緣」、「百年和琴瑟」等句自然流麗，不俗。

賀耀章兄新婚之喜二首

劉沁樂

相思豆結良緣合，風暖今宵欲醉人。執手笑題桐葉句，小屏紅燭畫眉新。

芳園拾翠結良緣，輾轉當時不入眠。風暖今宵雙燕合，小屏執手寫鸞箋。

點評：劉詩友按會上師友意見修改作品，可喜。「小屏」、「風暖」等詞重用，宜添新意。「屏」有「阻隔」之聯想，如望更上層樓，似應顧慮弦外之音，雖謂「小」字能帶温馨之意，「屏」亦有隔絕塵俗之想。紅葉題詩典故有悲涼意，然用「笑」字補之尚可。題詩或洞房之時何故新畫眉？不解。豆「結」、緣「合」等動詞有力，佳。

恭賀耀章詩友新婚之喜

呂牧昀

燕爾藏冬天亦羡，桃夭已醉未當春。歡憂還待家常見，好夢從今更足珍。

點評：「藏冬」謂寒氣已除，略嫌生硬。且「冬天」生歧義。試改：「燕爾寒消天亦羡」。「歡憂還待家常見」乃佳句，但用於賀詩似不好。「好夢從今更足珍」之勸勉亦不似慶賀。

黃嘉雯

春日新婦出深閨，盈盈嬌媚披華袿。天仙纖腰羅裳穿，夫婿情深望少妻。愛意濃，花滿蹊。桃花盛開姿容悅，朝夕相依日漸西。雲霞多彩染髮髻，牛郎織女上天梯。喜鵲化作繁星橋，銀漢微光點靈犀。

點評：雙數句末如押平聲韻，單數句末宜用仄聲字。第三句句末之「穿」、第十一句句末之「橋」宜改。第十一句試改：「喜鵲化作繁星麗」。「日漸西」、「上天梯」用於賀詩似不好。雲霞染髮髻之落想不俗，有「雲想衣裳花想容」之美意。

朱桂林

昨夕新娘醉意羞，明朝隨伴異鄉遊。囑郎勿忘詢姑舅，心點珍奇妾代籌。

點評：此詩寫新婚夫婦準備出發蜜月旅遊，詩意較直接，少寫新婚情感。「勿忘」疑應作「勿忘」，「隨伴」如改作「蜜月」，似較濃情蜜意，更貼「新婚」之題。會上論及「囑郎」可改「囑君」，亦可斟酌。以「昨夕」兩入聲字開頭，落想似比「昨夜」更妙。

嚴瀚欽

曾書紅葉今成眷，比翼關雎喚早春。從此相攜滋雨露，南窗燭照枕邊人。

點評：「關」乃「雎」鳴聲，與「喚」意重複，「關雎」試改「雎鳩」。會上論及「滋雨露」可改「風雨路」，更貼「相攜」意，可斟酌。結句「南窗」未有實指，「燭照」意倉皇，亦可斟酌。筆力非凡，極摹古人之風。

李敬邦

伊人香澤早嚐聞，婚禮平添一紙文。最是荒唐花燭夜，新房胡鬧醉醺醺。

無情宇宙愛為珍，一刻春宵百世恩。暫結同心休説永，此生妻是彼娘親。

都云魚水乏空間，欲上新車豈等閒。初嫁娘居擠迫户，相親咬耳怕羞顏。

點評：李詩友以打油詩諷刺時事，然會上有意見認為詩歌稍欠溫柔敦厚。「最是荒唐花燭夜，新房胡鬧醉醺醺」原寫新聞一樁，但單看此十四言未能知其寫時事，蓋「荒唐」、「胡鬧」、「醉醺醺」等語較虛，會上建議直寫時事。「無情宇宙愛為珍」詩，「恩」屬元韻，「親」屬真韻。「此生妻是彼娘親」意高妙，然「彼」有多種解釋，似未成功表意。「都云魚水乏空間」詩，「初嫁」與「娘居」亦費解。李詩友情真意新，具詩人風範，其率性自見詩中。

賀耀章詩友新婚之喜

譚凱尹

小雪披馬褂，暖日對紅妝。笑語盈沙市，熱鬧接新娘。簽訂同心約，鶼鰈心願償。
攜手城河畔，簇擁人馬強。奔波猶帶笑，不覺日漸長。迎客臨佳席，老師賜言良。
歡呼前後至，新人兩徜徉。鸞交偕鳳友，相看生華光。甜蜜復相敬，燕爾寄兆祥。
共賞良辰靜，銀浦情意長。

點評：「披馬褂」、「笑語盈沙市」、「鶼鰈心願償」、「簇擁人馬強」、「燕爾寄兆祥」較生硬。「不覺日漸長」、「銀浦情意長」，長韻重出。「共賞良辰靜」良字犯韻。譚詩友意志堅定，於詩中能見，古風甚具喜意。

【建議改本】

小雪披金褂，暖日對紅妝。笑盈沙田里，浩慶接新娘。盟訂同心約，鶼鰈宿願償。
攜手城河畔，簇擁千人強。奔波猶帶笑，不覺日漸長。迎賓酬佳宴，尊師賜言良。
歡呼前後至，新侶兩徜徉。鸞交龢鳳友，相看生華光。甜蜜復相敬，燕爾蘊瑞祥。
共賞星辰轉，銀浦情意長。

周碧玉

蜜意溢藍橋，結褵吹鳳簫。交柯期好合，比翼並逍遙。

點評：周詩友按會上師友意見修改作品第四句，可喜。原作四句皆為「二一二」句式，動詞放於第三字，句式可有更多變化。會上討論第三句可改「綿綿連理意」，似更通暢流麗。詩歌温柔敦厚，具慶賀意。

鍾世傑

紅燭照花堂，爐薰一室香。卷巾交合巹，執手吻新娘。

琴韻盪花香，輕紗繞教堂。深情傾一紙，淚眼吻新郎。

評曰：詩歌只陳述新婚時刻，似無寄意。以詩論之，「執手吻新娘」、「淚眼吻新郎」美感似不足，會上曾比較陳永正「二月風如吻，温存到野塘」句。如追求更高層次，「紅燭」、「花堂」、「爐薰」、「琴韻」、「花香」、「輕紗」皆熟語，可嘗試加添新意，或推敲新辭。詩意流暢，手到拈來，毫無阻滯。

新婚夜話

岑子祺

月下花前歡宴散，新房夜話兩情傳。尋常士子遇佳麗，大小登科值壯年。
顧影力攀雲路遠，知心相繫九霄淵。昔懷千載秦樓約，今結三生石上緣。

點評：「月下花前歡宴散」如改「月下花前歡宴後」，連接下文之時詩意較明暢。「遇佳麗」為仄平仄，下句可救可不救，如救，「值壯年」應作平仄平。頸尾二聯不俗。

賀耀章兄新婚

陳皓怡

十月佳期設盛筵，此枝和露寄樽前。蓮開並蒂仙姝艷，巹合交斟鳳佩翾。
宴罷瑤池妝似醉，歡餘歌舞夜如年。詩題彩翼原無字，千里安憑一紙牽。

點評：詩意綿密，有七律應備之濃縮。「蓮開並蒂」，「巹合交斟」之對工妙。

（二〇一八年詩課）

客至（七言律詩，限上平十灰、下平十二侵韻）　嚴瀚欽評點

廖韋堯

棋客光臨弈意催，凝神接戰兩相猜。單關（註一）掛角施奇技，雙鬼拍門（註二）稱妙才。覆局手談聊舊社，舒懷逸興注新醅。夜闌子散人歸後，只有離愁抵死來。

註一：圍棋術語。隔路下子。

註二：象棋術語。雙鬼者，車、卒也；門，九宮也。云重兵逼近將帥九宮。

點評：此詩之「客」為棋客，古人閑敲棋子待客至，今韋堯兄借棋客光臨述己好棋之深，極具雅致。尾聯「子散」雙關語盡顯棋罷客去之不捨。惜首聯「猜」字稍覺湊韻，收結亦可嘗試側面書寫。

黃嘉雯

北閣南亭樹蔭多，花香四起鳥飛回。不容柱後木頭屑，莫要門前石地灰。對對紅聯和客句，家家字帖為君開。長談舊事心中念，笑語盈盈續酒杯。

點評：首句「多」字出韻。此詩三處疊字，七律字字金貴，疊字宜斟酌使用。

客至・赴南京夜訪抗戰老兵

呂牧昀

自入秦淮淚雨哀，金陵王氣灑蒿萊。浮雲過隙餘惟月，老將登樓愧不才。
遠客訪聞邊地戍，殘年憶話苦顏開。衰寒一夜疏燈影，遍照城頭寂寞苔。

點評：此詩敘夜訪老兵一事，取材獨特，以「淚雨」啟篇，「衰寒」收景，筆調莊嚴一致，緊扣副題。惟書寫視角有欠清晰，重點不夠突出。

周子淳

浮雲暫別友將來，鬱鬱垂楊昔日栽。瓦屋倏然成廣廈，冰心依舊似童孩。
何須執手懷愁緒，且把流年付茗杯。願問明朝君去處，更期聊贈一枝梅。

點評：行文流暢，首聯點題寫當下，頷聯由今憶昔，以物之變襯人心之不變，頸聯以否定語說明別後離愁，尾聯承頸聯之意，淡化愁意，昇華主題。惜中間二聯對仗有欠工整，整體亦偏向「友」而非「客」。

譚凱尹

春光室外人間暖，文苑廊前畫徑深。不意桃花牽彩結，時聞賀語隱疏林。
盈門長幼傳風雅，滿桌芬芳正坐襟。細問從前新近事，先生抱犬笑沉吟。

點評：此詩對仗敲首，句句皆與鄺老傳道授業之事有關。細讀頷聯有頌讚先生之言外意。惜頸聯「風雅」與「坐襟」有欠工整，末句「從前」與「新近」不應並置，此外「沉吟」屬哀傷語，應改為「清吟」或「輕吟」等用語。

李敬邦

閉門陋室尋佳句，獨坐長吟歸去來。短訊鈴搖騷客至，旺財尾擺笑顏開。
壯年飽飯需鮮果，清月談禪免濁醅。興盡同歌歡送罷，茶枝聚散暖瓷杯。

點評：敬邦兄步杜甫韻，且試用新詞入詩，難度極高。頷聯客至，以他物之喜書主人之喜，處理巧妙。頸聯雖為待客瑣事，然盡書壯年平淡之趣。全篇筆觸細膩，淡中帶雅。惟「財」字撞韻，「歸去來」之典亦較孤立，難與上下文渾然呼應。

周碧玉

滿園桃李燦然開，為有良朋着意裁。同道切磋矜墨趣，群賢雕琢富詩才。
酒邊風月清心詠，箋上雲煙逸興催。美意幽情應起取，花光轉眼徑生苔。

點評：此詩敍與同道切磋之墨趣，詩筆清新，詩意優雅，細讀頸聯更如沐於春風之中。惟用語稍欠凝練，「切磋」、「雕琢」一對可再斟酌。

平素蝸居無客至，殊方故友喜光臨。兒時往事樁樁數，此夕香茶密密斟。
明月徐來應弄墨，清風頻送可調琴。多情未懼河山隔，美意舒懷覺熱忱。

點評：全詩道盡友人間情誼之真摯，亦屬清新之作，頷聯疊字巧妙，讀來若親昵對語，韻味悠然。惜首聯「故友」不當，當或一時疏忽所致。

客至・除夕夜通州街擺攤有感

鍾世傑

歲晚通州朗月臨，擺攤吆賣覓知音。清甜豆粥湯圓拌，香脆饅頭蜂蜜淋。
食客沓來忙不厭，讚詞紛至喜能吟。相逢一瞬應珍重，自是寒暄表寸心。

點評：此為寫實作法，白描街景，用語質樸清雅，讀來滿有暖意。惜頸聯「沓來」與「紛至」略覺合掌，此外亦可嘗試添加言外之意，以通州街景寄寓他事。

客至・團拜雀局

岑子祺

結綵張燈親友至，展眉把酒戰雲侵。四方城外月初見，上下家前敵乍臨。
難耐姻緣苦迫問，欣逢對局樂沉吟。莫嫌團拜關懷意，且喜牌分幸運金。

點評：岑師姐四聯皆對，略嫌生硬；頷聯「四方」與「上下」未盡工整。「難耐」一句道盡青年男女之苦惱，然置於詩中則稍覺孤立。此詩以古典詩歌寫今人團拜之樂趣與苦惱，當中亦用新詞，別出心裁。

陳皓怡

犬開天闕借春符，暖律霎回望歲逾。慧日調聲方爛漫，東風入樹正清癯。

尚憐花氣詩牋疊，欲賞蟠桃酒令趨。薦友一杯仙可羨，千門萬户競屠蘇。

點評：此詩交代清楚，寫新春訪友之喜，視己為客，以客之視角寫客至，安排獨特。然「慧日」為專有詞語，宜斟酌。頷聯為對偶句，出句「爛漫」為疊韻，對句若以雙聲或疊韻對之則更妙。

（二〇一八年詩課）

友人（柏梁體）　鍾世傑評點

記錦城友

李沛林

浣花溪上浣花人，碧衫如水水如雲。九橋石冷漠漠昏，斷影殘光到江村。篋中誰得酒一尊，更勸茅舍六朝魂。南祠青柏連年陰，自有飛鳥巢峨岷。傳語千年石將軍，闕山一夢了無痕。離離青草纍纍墳，沐猴覆鹿各紛紜。無字碑下問前身，由來夢幻豈非真。

點評：詩句流暢，通過描繪蜀地淒冷之景，以生弔古之意，氣氛營造不俗，惟情感着墨較少。第十一句描繪墳墓連續不斷之貌，「纍纍」可改作「千里」，以突出空間感。

贈友人

梅洛洛

山色空蒙光影稀。桃花潭水點點輝。重葉難隔翠鶯啼。驚破蓮户早相期。金蕊作引葉作杯。舉酒狂歌一片癡。與君醉話半生迷。神會相對不語時。聊得閒趣上心眉。

點評：字句清麗，情景兼備，於初學者而言，已屬難得。首句描繪山色迷茫、縹緲貌，宜將「蒙」改成「濛」。第二句「點點輝」不穩，可改為「漾清輝」。末二句之間欠銜接，宜補一語作過渡。押韻宜陰平和陽平相間，以期音律錯落有致之美。第五句「杯」屬「十灰韻」，字音與後句「四支韻」的「癡」距離甚遠，宜改為同一韻部的「卮」。

記小學玩伴，兼懷校園大草地之變遷

呂牧昀

三五少年愛騁馳，放眼青青滿華滋。山頭戲逐蜂蝶隨，平蕪靜聽蟬鳴枝。倦臥小亭風依依，漫看浮雲寄所思。夏雨忽至半濕衣，路遙何妨共走泥。相交不以鄉音卑，長樂只緣造化奇。草木榮枯年年非，青山猶解伴今時。

點評：敘事流暢，脈絡清晰，多感觀描寫，頗具畫面感。第八句「走泥」一語生僻，可改成「路遙共走不顧泥」。末兩句宜加強變遷之意，或將副題改作「兼懷舊校大草地」。末句「青山猶解伴今時」可改成「但得摯友伴今時」，以呼應前文。

懷在臺友人

劉沁樂

雞籠山首獨憑闌，異鄉風雨正愁人。望極滄海雁離群，雁隨斷雲入暮昏。此刻無伴踏葉還，晚燈明滅徒自憐。五年苦讀酒為鄰，落花一歲一回春。商略遊子枕難眠，歷盡高寒夢亦殘。怨語難託霜毫陳，盡付流年白日曛。香江暫聚總是緣，邀君痛飲更足珍。

點評：用詞古雅，通篇瀰漫悲苦之情。第八句「落花一歲一回春」可改為「落花飛盡志未伸」，以釋為何遊子難眠。末句收結平淡，可用以景結情。古詩通韻並無不可，但宜與現代漢語諧協。

饕餮四友

周子淳

眾山碧秀蝶衣翩，惠風微雲艷陽天。披霞饕舍傍層巔，行見郇廚起爐煙。課後與友排並肩，詩腸轉雷久欲穿。曼湘渴飲杯水濺，盼得器具納百川。自笑瀟灑似酒仙，平素無才日醉眠。彤君似被長鯨牽，與其比拼甚快然。隔座敏子口味專，囊中云餘沙律錢。念爾勞累筆債纏，應無閒暇品爭鮮。回見旁坐開美筵，梅女數菜置面前。一嘗綺食入深淵，飛燕美夢亦棄捐。閒談得趣落詩籤，四子性真俱才賢。滄海流波無窮年，願得情誼金石堅。

點評：詩中試用新詞，富現代氣息，趣味盎然。作法除鋪陳直敘外，亦可以事物呈現概念，使其具象，第十五、十六句「念爾勞累筆債纏，應無閒暇品爭鮮」中「筆債」流於概念，「爭鮮」較為生僻，可改為「文稿堆疊倦牽纏，念爾無暇品珍鮮」，以「文稿堆疊」突出其忙碌之意，以「珍鮮」保留「爭鮮」的音義。第十八句「梅女數菜置面前」可改作「梅女菜餚堆面前」，以「堆菜餚」突出其食量之多。

贈知己

黃嘉雯

白鶴舞水牽漣漪，正是夕陽西下時。友人同渡芙蓉池，望日觀山樂賦詩。難得一人寸心知，豆蔻相識已覺遲。月出東山鳥別離，孤舟單影嘆歸思。

點評：鋪排、造景均見進步。首句中「舞水」一語生僻，可改成「白鶴戲水舞漣漪」。另外，第三句「友人同渡」可改作「與友歡度」，以突出友伴同行之樂。

贈友林俊杰

嚴瀚欽

瑟瑟天涯待露滋，遠客歸來好贈詩。怪見愁眉欲語遲，何事尊前喟多時。聞説鴛鴦散秋池，惟恐春蠶未斷絲。旦夕薄蒲已作辭，人去酒冷罷飲之。君才本應佩江離，莫因舊夢枕寒枝。

點評：勸勉友人重新振作，情意匪淺。詩中多用律句，未能顯示柏梁體之特色，可錯綜句式，以求去律化，保存古風。第九句「君才本應佩江離」寫君有才，故有德，惟才與德應分開審視。

手機群組詩友

李敬邦

縱然舉目無相親。德不孤者必有鄰。騷人遠播海之濱。手機共組交流群。網雖如幻情卻真。切磋酬唱倍精勤。位位俯首如稱臣。緊盯螢幕時時巡。末學操觚未知津。隔空請益如親聞。詞宗指點教誨頻。何日下筆如有神。雅韻流水共行雲。百花清風吐芳芬。或許李杜是前身。敢比開府與參軍。廣弘風雅有諸君。操持端賴掌上珍。異地何妨細論文。但求詩心刷刷新。

點評：用詞偏古，但取材新穎，敢於描繪現代事物，行文間屢見新意。末句「刷刷」一語甚佳，狀刷動手機屏幕，形神俱似。第七句「位位俯首如稱臣」宜改為「敬仰諸家如稱臣」，以表尊敬。第十二句主語由詞宗轉換自身，變化過急。第十五句「李杜是前身」及第十六句「敢比」所提及之境界過高，建議將「或許李杜是前身」改為「或師李杜效徐陳」，並把「敢比」改為「亦追」。

周碧玉

兒時玩伴居比鄰。談天說地語清純。金相玉質庭訓遵。習禮明詩道理循。世間如此幸運人。信是仙女降凡塵。年華荳蔻值新春。聯袂弄潮臨海濱。龍王驟然捲浪頻。難敵波濤不見身。深感無力求諸神。多方搜索盡艱辛。金蘭縱非骨肉親。回首往事淚沾巾。

點評：緬懷友人生前點滴，情真意深。第五句「世間如此幸運人」着落不足，可刪。第六句「仙女」應是美貌與德行兼備，故宜於前文補充其美貌。第九句「頻」不穩，宜改為「人」。末句可將「淚」改為「亦」，把上下句聯繫起來。

海外友人

岑子祺

南北半球隔迢迢。天各一方共良宵。幻彩燈映維港潮。月華流照雪梨橋。此處春分細雨飄。彼邦秋臨冒涼飆。十年異地何寂寥？願君安閒避煩囂。每遇艱辛不堪聊。勉勵短訊頻相招。人生旅程路尚遙。松柏情誼永不凋。

點評：第三至六句作法尤佳，間隔描繪香港與雪梨夜景，意思上互為呼應。第二句寫良夜，宜將「霄」改為「宵」。詩宜避用熟語，如「天各一方」等，亦宜避用現代口語，如第十句「頻相招」可改作「如聞韶」。第九句「聊」於古詩多為虛用，宜改韻字。「松柏」多指品德，末句宜改為「金石情誼永不銷」，以「金石」不銷帶出友誼永固。

鄧卓楠

一片寒山雪生煙，更勸異客登西巔。又見孤雁負長天，遙思昔日贈情箋。茫茫人海共歡筵，獨見伊人弄花鈿。心如流水泛漪漣，從此夜夜不能眠。偶遇桂花滿陌阡，卻見青衣淚花前。執手相語此並肩，花間彩蝶舞翩翩。秋摘紅葉春賞蓮，共賦新詞彈素弦。笑談暮歲隱荒田，淡酒清茶小澗前。山盟海誓兩心堅，滄海淘沙浪濺濺。人生常變境常遷，漫天疏雨染秋千。一別分飛已經年，百味紛陳也徒然。冷風吹霧霧如棉，細雨拂來獨哽咽。

點評：詩中盡是離愁別緒，處處流露少年情懷。末句「咽」讀仄聲，押九屑，出韻。

余龍傑

故人不見已經年。倶念姿韻惜如煙。芝顏雲霧總堪憐。書窗風軟話綿綿。妙目傾情瀉如泉。家謙昂藏難及肩。文質倜儻破萬篇。芬馥濃妝華衣穿。赴約早來我猶眠。音信已無或潛淵。或事夫婿育兒先。當時笑望手長牽。半道分攜水與天。

點評：詩中追述青葱歲月，抒發摯友情懷，情意真切，惟第五句「及肩」或有誇張，可改為「比肩」。

（二〇一八年詩課）

扶貧（五言古詩，限仄聲韻）

李敬邦評點

扶貧·諸葛亮治蜀有感

呂牧昀

猿嘯三峽長，夷陵傷心地。王業偏西隅，伊洛歸無計。一州尚不安，南蠻族心異。雄主難再期，虎狼外窺伺。蜀中國士稀，孰可紹明世。斯人棟樑才，躬親多決事。小國寧守成，古道屯征騎。白日望風煙，星夜臨表涕。天道不酬勤，況復管蕭智。興亡何所趨，原在萬民意。

點評：狀諸葛亮治蜀之事頗詳細，然而似未能緊扣「扶貧」之旨。若欲寫諸葛亮扶蜀漢之國土貧、人民貧、人才貧，或扶阿斗之才德貧等，須在詩中作概念轉化，交代線索，方能帶出主旨。

勸君扶貧

黃嘉雯

褲囊餘十塊，小店一碗粥。老婦兒女隨，無盼雞頭肉。只願子飽足，卻聞孩提哭。
勸君勤施與，扶貧贈五穀。平民作英雄，仿如甘露沐。

點評：主語數次轉換，然而交代未夠清晰明確，如首句寫誰？「勸君」誰勸誰？「孩提」屬誰？古體相對較自由，可鋪敘交代。又，「仿如」似當作「恍如」或「彷彿」。結句略見牽強，有湊韻之嫌。

周碧玉

娑婆大千界，際遇各有異。或者免愁苦，鶴在雞群企。或者渡日難，飽暖未能備。
因果循環轉，莫與人相比。漂母飯韓信，豈博千金利。蕭衍勤修佛，功德何曾載。
和光並同塵，不分時與地。萬法本惟心，扶貧何足記。

點評：詩中題外話較多，且多摻佛家語，若欲帶出扶貧之旨，似宜多扣布施波羅蜜多之教義；又，末句歸結「萬法惟心」之意，似略嫌前文鋪墊不足，稍有突兀之感，然說理亦有個人見解，不落俗套。用字方面，「渡」宜作「度」。

扶貧感時

劉沁樂

風雨正漫漫，枯木冷鴉眷。春意不着痕，對江徒嗟歎。黎元宿蓬廬，疏糲未言怨。
物貴誰恤民，千金難解困。當此困世時，濟貧志莫斷。感時望天涯，曙色起野岸。
曚曨照迷途，似添還暖盼。邈然辨翠微，白雲慰愁散。

點評：首句興起，有「風雨如晦」、「枯藤老樹昏鴉」之古意，「冷」字拈得切。下文句云「疏糲未言怨」，然當此食住皆困之際，豈能無怨？故知是反寫，曲筆見意。篇末呼應開首，末句融情入景，亦佳。然通篇而論，首尾之寫景與中段之寫扶貧，未能渾然一體，立意與謀篇或可再下功夫。

鍾世傑

朝官今遊巡，高呼欲濟貧。史筆會寶馬(註一)，衛士緊隨身。鏡下光影亂，閃燈未覺頻。
闊論家國事，惟我最憂民。握手暄數語，已嘗共苦辛。灑錢散一地，聲落起風塵。

註一：官員所坐的德國品牌汽車。

點評：語帶諷刺，狀寫情態生動活潑。第五、六句稍嫌重複，前者或可作「記者手腳亂」等語。

張軒誦

昔揚雄撰逐貧之賦，韓愈書送窮之文，筆墨橫放，無非假逐貧送窮以明志焉。

今按扶貧題面，衍二公之意，戲作扶貧詩：

夕陽半在山，白晝間昏黝。有紙輕且纖，御風穿户牖。着地化人形，羸癯一老叟。
媪袍敝不羞，向我徐稽首。自言太古初，貧鬼氏之後。民心元蚩蚩，未省居左右。
伊誰貪吝萌，忽爾成元醜。澆薄世人情，君獨待我厚。區區倘不棄，願從牛馬走。
扶攜延高座，庸見敢伸剖。羣生天地間，化去孰不朽。揚子與韓公，文章之巨手。
往來雖蹇連，不辭與公偶。豈非富貴促，非以計長久？賤子空望塵，抱志奈檮醜。
但安一枝棲，外此更何有。室中無長物，白水以為酒。瓣香示微誠，着意長相守。

點評：亦莊亦諧，維妙維肖，不讓二公專美。用典妥貼自然，吐屬風雅，頗見功力。然而詩中言「安貧」多而「扶貧」少，詳略或可斟酌。又，作者正當少壯奮發之年，詩中心態似過於老成，如調子更積極進取或較相宜。

周子淳

貧者今如何？地廣難安歇。剩飯伴冷蔬，倦坐木板裂。窮來各人愁，還對斜陽劣。千家千般貧，欲濟先宜別。應憐白頭翁，拾荒向紙屑。即教鐵石人，見此亦泣血。稻粱飽其飢，仁心貽其悅。幼者無所依，悲哉時運拙。及時施飯恩，且發人情熱。視為子女親，處處多關切。少壯莫言窮，授之漁技訣。不負好年光，讀書為人傑。胸有天地寬，龍行自有轍。弱者尚有寡，難補心頭缺。況有身殘人，久臥榻哀咽。綜援應其需，濟亦保其節。捐衣抵天寒，盼能驅凄洌。憫貧溯源頭，忠恕心行潔。扶貧扶其根，深期解困結。

點評：通篇貼題而寫，描敘全面，遍述貧者與扶貧者之狀況，情、事、理兼備，內容平穩紮實。然遣辭措意未見獨特之處，稍欠奇氣。

（二〇一八年詩課）

聽風（七言絕句，限上平十三元韻）

張軒誦評點

梅洛洛

耳邊蕭索倏然起，飛短流長笑忘言。雲鎖峰頭春欲晚，水平風過了無痕。

點評：詩意略隔，以次句觀之，或別有寄意歟？惟三、四句所寫，皆目中所見，似於「聽」風無涉。

李沛林

山露殘枝拋下繁，忽將萬籟入寒垣。蕭蕭豈是催人雨，落了洞庭一夜痕。

啼破江煙似老猿，森森影裏動霜根。湘靈不奏瑟中曲，浪底曾聞更苦言。

點評：古味醰醰，「啼破」一句尤佳，然前首結句「痕」字或欠穩。

夏首聽風

廖韋堯

炎夏無端脱籠樊，暖風吹襲動吟魂。欲聽風伯從何處，惟有擾人鵑語喧。

點評：首句形象生動，惟「籠」字出律。次句「暖風」不切「炎夏」，且暑溽欺人，精神易為之懨煎，詩言「動吟魂」，於理似有未合。三句謂無風可聽，乃反題面之法，若將次句「暖風」一併隱去，庶或較勝。

聽風．憶民國遺風三首

劉沁樂

霜禽啼斷暮雲昏，抖動桃紅散古原。楚客飄零頭轉白，天涯雁去淚留痕。

朔風搖落殘紅雨，吹皺西山帶淚痕。回首桑乾風景異，離群邊雁憶王孫。

天風吹破寒潭寂，入耳秋聲百草喧。塵暗貂裘人去遠，碧梧牽恨近黃昏。

點評：詩境蒼古，字句圓熟，然用筆較泛，其與民國遺風之關聯，或可加註點明。各首起句句法相若，其刻意為之耶？

千巖萬壑樹喧喧，料起湖中細浪痕。未至秋涼聽葉落，蕭蕭終日悟微言。

周子淳

點評：全詩扣題有道。次句虛寫，蓋風起細浪，本屬視覺，冠「料起」二字於前，則仍是聽風所感，筆墨之妙可見。

聽風

黃嘉雯

曾客旅泉州，卻遇上八號風球，不得歸家，夜間聽風喧，愁緒亂，故以此為靈感，作此詩：

屋內無聲燈已滅，窗外萬物剩風喧。心中幻夢知簾動，細聽愁音不敢言。

點評：「外」字出律，且「窗外」與「屋內」、「心中」結構等同，並居三句之首，略形板滯。三句「簾動」與四句「細聽」未切風勢，蓋簾之動也，即微風亦可使然，未足道其風力；而風聲之大既能屏遮萬籟，亦無庸細聽也。

朱桂林

心動聽風望盪幡（註一），手揮明鏡照空痕（註二）。蕭蕭獵獵詩文染，寂寂清清靜毯蹲。

註一：惠能典故。
註二：神秀典故。

點評：一二句用釋典，未為切題，且「揮」與「拂拭」究有不同，此或詩律所囿也。三四句意晦。兩聯似有意求對，惟「聽風」與「明鏡」、「詩文」與「靜毯」對偶未工。

聽朴樹《且聽風吟》後作

嚴瀚欽

簾亂梧桐說夜冷，遊雲夢灑舊時園。且聽風細呼歸去，葬罷燋花作鳥鶱。

讀村上春樹《且聽風吟》後作

村上初作《且聽風吟》，首章便明言此書乃現代主義手法之嘗試。自成書來，解之者蕃，欽每閱諸家評鑑，多以象徵角度品析。述之以白話文已屬不易，今借舊體，以象徵筆法拙作七絕以記讀後雜感。小子不敏，限於字句，下筆頓滯，權當試練，塵穢大方視聽。

曾驚風起欲飛騫，秋肅無端敗舊園。倦厭空寒猶未醒，倚聽草亂一聲猿。

讀《齊物論》有感

噫氣微風號萬竅，摶扶亦可驚靈鯤。輕波怒浪本齊物，何必鳳凰鄙野瘴。

點評：遣詞講究，詩筆細密，惟前首意或稍晦。次首述理而不落玄言一格，以其比興託體也。「野瘴」疑是「野鶤」之誤。

楊煥好

柳枝款擺未留痕，橫雨驚雷捲夢魂。古木高蟬聲更遠，松濤夾雪叩寒門。

點評：詩雅馴有古味，惟首二句多從視覺着筆，「聽」字未出。四句分寫春、夏、秋、冬，固見巧思，然聽風者未顯，筆法頗類燈謎之屬，以詠風之什目之，似無不可。

周碧玉

詩騷默誦凝神處，奄忽颷風欲奪門。竹雨松濤交戰急，千軍萬馬滿庭喧。

生計艱難憂度日，上街振臂喊多番。三王尚聽風歌意，今上裝聾必惹煩。

點評：前首述眼前事，運意稍平，且「竹雨松濤」、「千軍萬馬」等語過熟，宜避。後首從采風觀政切入，扣題新奇，惟夏商二代似無采詩之制，詩云「三王」，未詳何據？若夫「喊」字未穩，「必」字略實，皆可斟酌。結句出語較直，「煩」字用「麻煩」義，古人或無此例。

李敬邦

動者為心抑或旛？秋來萬竅一何喧。廣長舌遍三千界，誰謂蒼天總不言？

點評：次句化用〈齊物論〉點清題面，妙在不提「風」字。三四句承上而來，雜用儒典釋語，無費力之感。

四川汶川地震十周年

鍾世傑

薰風帶淚濕殘垣，聲若孩啼叩耳門。十載斷腸難有盡，復聞悲咽繞丘園。

聽海風

陰風激浪白鷗翻，翦翦冰華冷月魂。臥聽海濤縈舊夢，心潮虛靜欲忘言。

聽颶風

俯瞷沙石任風掀，呫喇如雷震耳門。愁聽狂飆摧萬物，久經長夜未停喧。

點評：第一首次句與第三首「呫喇如雷震耳門」一句，就用韻與運意言，皆甚相類，或可避。結句「復」字略硬，或可易為「況」、「更」等字？第二首下字見鍛煉，惟其所聽者，風耶？濤耶？似未易別。第三首「瞷」字深僻，未近七絕之體貌，與下三句合看，亦覺齟齬，或可商酌。

聽風・風煙節目

葉翠珠

咪前議政甚囂喧，市井風聲入帝垣。各派思衷非絕對，朝堂兼聽荷乾坤。

點評：詩寫觀風煙節目所感，此風固非彼風，所謂借題發揮者也，妙在各句仍從「聽」字着力。「咪」與「絕對」，乃新事物，「帝垣」與「朝堂」，則古事物，其融合之道為何，當大書之，惜誦未嘗夢見，願俟高明。結句「荷」字可議。

陳皓怡

韻竹鳴蟲百籟繁，東君引笛柳初喧。座中誰愛淒涼調，盡是天涯楚客魂。

花含湛露舊桃源，橋畔蟬聲隱市喧。徒有清風來水面，澄波萬壑撫無言。

點評：前首「東君引笛」意佳，三四句筆調陡轉，頗見筆力。後首詩筆清妍，從無聲處寫聽風，亦見別致。

聽跑馬地風（註一）

黃棨杰

經年跨海赴黌門，朝夕勞如策駿奔。我作山人踐文道，谷風習習與君論。

註一：予任教學校在丘陵矗立，地勢高亢，時有山風。

聽地鐵站風

暗洞千尋氣象翻，土神驚覺白龍喧。月台忽有音聲動，車似飛廉到幕門。

聽南生圍風

真美西郊水繞村，斯須焦土獨名存。官差報道悶燒故，勝境風來引火源。

點評：詩句暢達，不避新詞，就聽風翻出三題，而無支詘之態。

補漏江心是亂源，難逃騎虎滿煩冤。待聽風起愁雲散，衢道康莊可改轅。

岑子祺

願君聽風

追念知心返故園，客來開解木鈴喧。叮嚀千句終能寄，可託飛廉代我言。

點評：竊聞小說、雜劇之類，未可輕易入詩，前首「補漏江心」一語，本關漢卿《救風塵》，語亦較熟，似宜慎用。結句見詩人用心之殷切，惜乏餘味。次首出語質樸，意則略隔。

余龍傑

閒聽花鳥幽林動，葉落聲聲滲草園。棉絮輕臨還拂面，原來風欲與人言。

點評：詩淺白有味，惟「幽林」、「草園」稍複，次句「滲」字似亦未穩。一結有致，與楊誠齋詩境彷彿。

（二〇一八年詩課）

燈（七言排律，限上平六魚、下平七陽韻）

陳彥峯評點

燈

周碧玉

燈喻光明，然飛蛾／魚兒貪光而亡；賭場長晝，賭徒忘返。面對光明仍須深思。

投明棄暗慎思量，亮處迷人禍隱藏。堪歎飛蛾空有夢，胡為撲火遂遭殃。
霓虹閃爍無深夜，賭館流連負煦陽。水底魚兒甘落網，舷邊餌子是浮光。
華輝奪目原虛幻，美景欺身究愴涼。大錯鑄成思悔改，不貪五色志堅強。

點評：光能娛人，亦能惑人，此詩中宏旨也，一反常意，非謂不新，頗足諷世。蛾、賭徒、魚三者宜列之有序，方見章法，今則駁雜無所據矣。理語較多，韻味略闕，「慎思量」、「禍隱藏」、「志堅強」皆屬此類。「鉺」當作「餌」。

燈下懷古

劉沁樂

雲連遠岫月生涼，斗室懸燈伴夜長。偶坐案前風細細，時憐窗外海蒼蒼。
感懷北苑殘山靜，漫想東坡醉墨狂。孤寂猿聲悲宿鳥，蕭然竹影動寒塘。
唐音淡宕難傳繼，宋骨清奇已散亡。騷客苦吟無限恨，天涯極目獨愁傷。

點評：詩人燈下漫想，涼風細細，蒼海茫茫，思古幽情悵然而生；恨風騷無繼，傷知音難尋，用情深摯，而抱負高遠。此詩為避題之作，介以燈而不寫燈，避之遠矣；略此，庶幾乎佳品。「唐音淡宕」、「宋骨清奇」，落語未準；不若「唐音渾雅難傳繼，宋骨精能已散亡」，或較穩紮。

周子淳

十里秦淮本靜虛，百年河上耀芙蕖。縈波萬盞燈花細，入夜孤舟客影疏。
一處閑愁流不盡，滿窗明月照何如。柔柔香瓣皆含笑，耿耿清光欲映裾。
盼是瑤池漂此物，得憑亮色應其書。且將今古悲風散，好夢期能復往初。

點評：此詩詠十里秦淮，燈影搖曳，流光滿目，切題之甚也。摛藻賦物，繪景歷歷，頗類詩家風致，而排律更當如是，子淳似得其三昧。「縈波」、「滿窗」、「柔柔」、「耿耿」諸句尤佳。朱自清、俞平伯撰有〈槳聲燈影裏的秦淮河〉，傳頌一時；子淳此詩，可謂前人美文另為註解。

香港夜色

李敬邦

如露電燈千萬顆，一天星月失明光。姮娥有恨求青眼，織女無緣見愛郎。
熱吻豈惟希臘夜，畸胎最是特區房。獅山廣廈誇雄偉，樓市高峰發病狂。
三道機場新鐵路，百年漁港舊炎荒。寶珠終透塵勞鎖，信美名城乃我鄉。

點評：敬邦詩奇氣灑溢，浮想聯翩，兼沓中外，並涉古今，終況之於香港。然浮想累迭則法度易弛，運轉急驟，意豐而述疲矣。「姮娥」、「織女」用事巧活，可堪玩味。

鍾世傑

太初天地盡迷茫，偏向東君借日光，俯拾流螢窺陋室，抑持烈炬照諸方。燭龍全斬油囊滿，樵炷半燃疏影長。燈管加磷生雪白，鎢絲通電現昏黃。霓虹炫彩皆堪棄，火德興邦焉可忘？羲馭御車驅黑暗，極遊穹漢拓新疆。

點評：天地伊始，由借光、至拾螢、至持炬、至燒燭，詠述暢健，運筆有勢，頗見功力。「燈管」句轉折略顯跳突，然新詞入詩而不失秀雅者，此句可為標幟。「皆堪棄」言重；「火德興邦」寄意宏闊，下接「驅黑暗」、「拓新疆」，詩人論燈之本德本務盡明焉。

望天燈・懷旺旺

岑子祺

倦眼長開惟念汝，天燈半落獨愁予。別來難得顧寒暑，相念何妨寄望舒。祈福常時菩薩語，盼君早晚業根紓。此生留滯殘身處，來世逍遙好夢餘。星火萬家藏感慨，雲霄孤月映欷歔。痛慚久負多年約，悲嘆空遺一紙書。

點評：天燈擬月，獨照無眠，下承憶念愛犬，抒吐愁懷，取法合度；而後假佛門語，盼愛犬早紓業根，逍遙來世，眷念益深矣；結尾云痛慚負約，空遺悔恨，「一紙書」代指詩文，取語雖晦，而其情鬱紓，彌足動人。另，詩單句末字諸如「汝」、「暑」、「語」、「處」，撞犯本韻，誦之澀口，宜避。

心燈一首敬和碧玉師姐〈燈〉詩

葉翠珠

萬物生來少自量。宜思福禍計行藏。休迷碧海浮滔浪。賴有漁燈免劫殃。
塔上明明驅宿霧。堂前燁燁繼殘陽。放螢滿谷傷民力。披卷寒門借壁光。
木佛聞香聽苦樂。油繩臥砵照炎涼。芯無善惡真如見。色假空中莫矯強。

點評：翠珠屬和碧玉詩友之作，參悟原文，沿用物象，且又另翻新意，言燈福禍難料，惟世態炎涼、人心善惡，更是難測。兩詩並置賞讀，饒有趣味。

譚凱尹

斗室清幽月滿堂，遊思暗地入他方。行廊永續長明夜，閉户隨升密集芒。
能照雲層深幾度，無看巷尾向何房。微醺個個凌晨客，靜點團團落日黃。
臥半廳前侵睏倦，拋諸夢裏作文章。不知時月騰雲去，一盞招呼在案旁。

點評：詩人斗室對月，夢思他方，造境幽渺，運意奇麗，亦虛亦實，遐想處處；俄而夢醒，燈盞在旁，收結圓潤，以此扣題。首聯若以燈起興，頭尾呼應，效果更佳。第二句「廊」、「長」犯擠韻；亦見重字，「雲」、「月」是也。

（二〇一八年詩課）

港鐵時事有賦（五言律詩，限上平二冬韻）

李敬邦評點

聞西鐵中秋夜故障有賦

呂牧昀

孰謂團圓易，深宵鳴警鐘。天燈猶見墜，電力忽難供。祈願恐祈火，引援非引凶。人間多盛事，何必此趨從？

點評：詩題標出「中秋夜」，然而詩中僅首句述及，後文乏承接。頷聯「難」對「見」，欠穩，「難」作「停」或較切。頸聯稍彆扭。

中秋夜乘港鐵漫想

中秋月正濃，流轉夜相逢。長列鮮人跡，近窗惟遠峰。浮槎同八月，寒殿過千重。感此嚴涼氣，應知莫敢從。

點評：首句「月正濃」稍生硬，宜作「月色濃」。頷聯「人跡」對以「遠峰」，詞性不對，可考慮把前句換一說法，如作「長列皆虛座」。頸聯用典得當，意境不俗，且結句有照應。整體而言，此作較前作為佳。

港鐵綫線故障屢屢，市民怨氣甚重，惟交通別無選擇，因此有賦

廖韋堯

市者來回密，穿梭託地龍。突聞廣播響，訊誤列車封。廂迫空間窄，人多怨氣濃。縱然懷詬怒，無奈只能從。

點評：詩題標出「綫線」，但詩中未有述及，宜刪；如欲寫出「綫線」，或可寫入站名。第二句「託」字尚可斟酌。第三句夾平，非必不可，然若可避宜避之。第四句「封」字欠準，列車只是停駛，而非被封，故有湊韻之嫌。整體平實，稍欠新巧之處。

高鐵通車有思鄉之感（註一）

劉沁樂

秋殘悄入冬，異地接遊龍。蝦峙傷遙岸，桃源待覓蹤。空聞知己聚，還盼故鄉逢。喚起思歸意，吾鄉未改容？

註一：蝦峙島、桃花島鄰近余鄉，地處甚僻，即高鐵通車亦難達。

點評：首句時令與現實不符，不必為押「冬」字作韻而強用。頸聯「知己」與「故鄉」詞性有別，稍欠工整。整體而言，詩作不俗，饒有情味。

憶二零一七年港鐵縱火案，拍攝者眾，因賦

周子淳

港鐵火燃兇，煙燻四座濃。近身猶隔岸，有客不聞鐘。為拍新鮮片，誰憐愕懼容。良知嗟已泯，仁更遠千重。

點評：首聯若能形象化地突顯火勢之大或更佳。頷聯「有客不聞鐘」作「有耳不聞鐘」或更切。頸聯「新鮮」二字尚可推敲，作「鮮新」或好些。第六句所用字皆為陽平、陽去、陽入，不鏗鏘，「愕懼」宜改作「悚懼」，不但聲調更佳，且文意更切。

颱風山竹襲港之港鐵時事有賦

黃嘉雯

南來風急急，軌道水洶洶。秒秒驚天地，時時亂徑蹤。官哀生計阻，客怨路途封。過海成難事，何方尋鐵龍。

點評：前四句四用疊字，稍嫌太密集，且「秒秒」與「時時」類近，不免於複。尾聯由「過海」引出「龍」之聯想，生動有趣。

港鐵時事有賦

朱桂林

港鐵興波浪，侯車恐遇凶。月臺違則擴，秘密緊囊封。監察當尋弊，官人還放縱。希文懷社稷，今世哪兒逢。

點評：第二句「侯」當作「候」，然此句犯孤平，「恐」或可作「憂」以救之。第六句「官人」一詞有歧義，作「官員」意思更準確清晰。然而第六句句末之「縱」字，作「放縱」解時須讀去聲，不能借平聲讀音以押韻。或可改把頸聯改作「監察須嚴謹，官員儘放鬆」。

夜歸逢山竹襲港

嚴瀚欽

暴霰滯銀龍，飆馳嘯遠峰。驛台長寂寂，城晚自憧憧。座冷催人亂，燈昏照客慵。狂風搖此夜，天地一牢籠。

點評：首聯破空而出，氣勢強勁，尾聯亦然，惟頷聯頸聯似未能承接，氣氛殊異，呈脫節之象。第五句稍費解；第六句「燈昏」似與港鐵列車環境不符；「人」對「客」有合掌之嫌，宜再加推敲。

港鐵時事有賦

周碧玉

沙中新鐵路，寄望眾情濃。減料鋼筋短，監工制度鬆。醜聞遮不住，禍首辨無從。地陷難安枕，違規勿苟容。

點評：情濃多用於親密關係，用於大眾期望似不太切。第三句夾平，宜避。第四句「制度」對上句「鋼筋」，不工整。整體而言，敍述過於平白，稍欠趣味。

廣深港高鐵香港段通車

鍾世傑

動感（註一）若遊龍，疾飛難躡蹤。爪伸連各地，身躍越諸峰。未懼狂飆烈，豈愁驚浪凶？天涯成咫尺，轉瞬又相逢。

註一：「動感」為車名，全名為「動感號高速動車組」。

點評：頷聯頗佳，緊接首聯「遊龍」而寫，文筆勁健。結句收束全篇，點出高鐵之長與快。全詩流暢生動，頗見功力。

鐵路馬路俱塞

譚凱尹

山竹香江壓，風嘯雨幕重。蚰蜒車入庫，霹靂線傳燶。破匾飛刀脱，森林駕道封。俱興猶百廢，碌碌復庸庸。

點評：第二句「嘯」字不合平仄，須改。第四句「燶」字，乃粵語方言用字，字典多不載，是否宜入詩，可商榷。

沙中線工程沉降影響樓宇結構

岑子祺

沙中沉處處，民眾怨重重。未得分毫利，猶添表裏凶。高層相佐佑，陋宅欠彌縫。通達難平憤，規砭寄筆鋒。

點評：第四句「表裏凶」，若非經作者解釋，意思不易弄明白。「佐」「佑」一般多於正面之辭，如欲指官官相衛，或可作「衛護」。

（二〇一八年詩課）

春夏秋冬（五言絕句）

鍾世傑評點

武漢相憶

呂牧昀

花滿珞珈天，炎來櫻不傳。離時香桂子，削筆雨窗前。

點評：詩以「珞珈」道出副題「武漢」，用「離時」點出追憶，但何以「相憶」？似未有提及，宜刪「相」字，改為「憶武漢」。詩除了用「炎」字直接點出夏天酷熱，亦以植物變化，帶出季節轉換，如借「花滿」描繪春景，「桂子」成熟生香，暗示秋季到訪，再配合個人離別愁緒，加深季節義蘊，用意匪淺，惟用「桂子」來寫季節，有否特別含義，能否藉此提升詩意表達？而夏季「櫻」不開，畫面又是怎樣？引人遐思。另外，「削筆」又如何跟四季扣連？最後，「傳」不穩，可考慮換字。

題劉松年《四景山水圖》

劉沁樂

淑氣催人倦，幽篁暑色深。霜來愁入望，詩思雪驢尋。

點評：詩中四季分明，楚楚有致，以詩題畫，作法巧妙。結句「詩思」尤精警，能概括前三個季節，並引出騎驢行走雪地之因由。觀畫雖用視覺，但賦詩卻不限於視覺，更富趣味，如借「淑氣」帶出溫和之感，用「倦」勾勒出人之疲態，以「暑」顯氣溫之高，藉「霜」、「雪」揭露秋、冬之寒意，惟身處「幽篁」中無從察看「暑色」，可以斟酌。

重九四時有感

重陽添酒興，殘暑已銷沉。悟卻榮枯意，窮陰換柳陰。

點評：詩末二句富有哲思，其中結語「窮陰換柳陰」尤佳，從植物枯榮聯想到自然中生死循環之定律，意味深長，能引領讀者作更深層次思考。然而，詩中四季之景未算分明，開首以「重陽」、「殘暑」等時令帶出夏去秋來之意，但未有顯示季節特徵，意象較薄弱，宜以實景取代節令，以增強畫面感。

四季・咏草

周子淳

夜夢雪江圖，東風嫩草蘇。青來驚暑氣，葉落懼顏枯。

點評：詩中四季分明，先以「雪」點出冬季之冷，繼而用「東風」、「嫩草」帶出春季之生機，再透過「暑氣」烘托出夏季之炎熱，最後藉「葉落」來描繪出秋季之肅殺，惟注意副題為「詠草」，故起句宜抒寫與「草」相關之景象，以呼應主題。詩末二句表達了對萬物變化之驚、懼，流露出女性化特質，惟「驚」和「懼」之意重複，亦不易解讀，可考慮更替。最後，頸聯中「青」何故會「驚暑氣」？可以斟酌。

四季・觀《杏花茅屋圖》後感

茅屋杏花圖，驕陽照影孤。莫憂梧葉冷，釣雪望冰壺。

點評：副題已明言觀「圖」，如非步韻，宜避重用。另外，詩大致能借景物描繪四季風貌，如用「杏花」寫春花之美，以「驕陽」帶出夏日之熱，借「梧葉」得知秋季之臨，藉「雪」揭示冬雪之冷，惟《杏花茅屋圖》中並無驕陽之景，可以商榷。

黃嘉雯

平原綠意隆，鳥戲樹林中。冷襲南遷雁，途人避急風。

點評：詩中嘗試用平原之「綠」、林中之「鳥」、南遷之「雁」、急劇之「風」來引出四季，但未算突出。用韻方面，起句「隆」略嫌不穩，可借二冬韻改為「綠意濃」。至於用詞方面，第二句「樹」與「林」意思相近，用「林中」表達即可。

萬物顯新容，蟬鳴愛意濃。香花終散落，冷雪把情封。

點評：詩中分詠四季之景，井然有序，起句先寫春季萬象更新之貌，第二句寫夏季蟬鳴之音，第三句寫秋季花落之情狀，第四句寫冬季雪冷之感。另外，詩句善用感官描寫，突出四季形象，起句以視覺察看萬物變化，第二句用聽覺感知蟬鳴之意，第三句使用嗅覺聞得花香散落，第四句藉觸覺感受冰雪寒冷。至於用詞方面，第二句「愛意」較鬆散，可寫成「蟬鳴愛更濃」，第四句「把」字之意較虛，「情封」不穩，建議改為「雪掩舊情蹤」，以提升文字密度。詞組方面，「萬物」、「新容」、「愛意」、「香花」、「冷雪」均屬定中結構，用語較單一，可考慮以錯綜手法來增加文句變化。

嚴瀚欽

夜讀劉霞詩句「看見白雪覆蓋下／大地正在腐爛的屍體／屍體上蠕動的蛆」，消沉難耐，有感盛世光華之下必有衰亂慘愴之事。今承劉之意，借五絕為體，分詠四季，避犯本字，稍作嗟歎。

雪瑞蝕衰草，空晴逐暮鴉。子規啼夜寂，三月不鶻花。

點評：詩中隱約能透露出四季痕跡，通過「雪」書寫冬季，借用「暮鴉」暗指秋季，藉着「子規啼」揭示夏季，以「三月」直接扣連春季，但不算突出。詩歌無論在意、句、音方面都試圖求新，但「雪瑞」及「空晴」錯綜後，意思難明；而起句「雪瑞蝕衰」四字連用聲母「s」，音節過於急促，有損韻律上諧協。最後，詩欲借劉霞之語紀念維權之事，但「暮鴉」本有負面之意，不宜用此借代劉霞等人。

周碧玉

嫩柳拂新桃，蟬蛙鬥嗓高。脆蛇醇菊露，忽已雪沾袍。

點評：詩中四季分明，且善用感官描寫加深讀者理解，如以「嫩柳」、「新桃」描繪春季之景，藉「蟬」、「蛙」爭鳴奏出夏季之音，用「菊露」帶出秋季之味，借「雪」顯露冬季之冷，畫面雖隨季節層層推進，繪聲繪影，但之間有何關連？立意不顯，建議用樹木角度觀照四季變化，較易寫出其中循環。另外，起句用「拂」形容「嫩柳」和「新桃」之間互動，略嫌不穩；第三句以「脆」形容「蛇」亦有不穩，而「脆蛇」為蛇名，帶有歧義，可考慮以「蟹」代之，改為「蟹螯醇菊露」。

天若有情（分詠四季）

李敬邦

蝶苦胭脂老，蟬嘶鐵石聲。蕭蕭搖齒落，雪葬總無情。

點評：詩以萬物在季節中受苦，映襯天無情，作法其高，惟起句與春天關係不大。第三句中「齒」字較費解，宜改用「葉」。副題原指天無情，但第四句「葬」字衍意較重，將焦點由「天」無情轉移到「雪」之上，可考慮改為「雪落未關情」。

詠四時讀書法二首

葉翠珠

其一．張心齋《幽夢影》云：「讀經宜冬，其神專也；讀史宜夏，其時久也；讀諸子宜秋，其致別也；讀諸集宜春，其機暢也。」

日久辨邪忠，諸家別樣紅。研經猶履雪，翰藻蘊東風。

點評：詩善用張心齋《幽夢影》中詞句呼應四季，別出心裁，惟部分詩句較為跳脫，如「諸家」與「紅」之間有何關係？可堪咀嚼。

其二．傅佩榮教授於《不同季節的讀書方法》談及自己春讀《論語》、《泰戈爾詩集》；夏品《莊子》、梭羅《湖濱散記》；秋思《老子》、房龍《寬容》；冬藏《孟子》、尼采《查拉圖斯特拉如是說》。

志行慕川林，神清契萬音。容人思己過，浩氣養悲心。

點評：詩用傅佩榮教授於《不同季節的讀書方法》中言論扣連四季，且要求每一句寫出兩本與季節相關之書籍，其密度雖高，但同時較為費解。另外，通篇都用「二一二」節奏，顯得單調，缺乏音樂感，宜更換語序，以求變化。

榆雨發青芽，螢窗掛葛紗。推杯三五月，好啖雪烹茶。

岑子祺

點評：詩中嘗試用自身經歷與四季扣連，如首聯借「青芽」描繪春季，尾聯用「雪」點出冬季，但夏、秋兩季之特徵不顯。另外，詩以古雅為美，尾聯「啖茶」一詞較俚俗，建議改為「儲雪待烹茶」，提升整首詩的格調。

（二〇一八年詩課）

和杜甫〈登高〉或崔顥〈黃鶴樓〉（七言律詩）

余龍傑評點

和杜公〈登高〉

楊浩鳴

黃葉蕭蕭幾許哀，秋風颯颯幾人回。只聞流水如斯去，未見伊人彼岸來。
月下淒清悲顧影，青雲爛漫望登台。朱顏一夜成霜鬢，富貴千愁酒萬杯。

點評：此詩寫水、寫伊人，容易教人憶及《詩經．蒹葭》：「蒹葭蒼蒼，白露為霜。所謂伊人，在水一方。溯洄從之，道阻且長。溯游從之，宛在水中央。」會上，楊詩友謂此詩以「伊人」喻理想，感慨理想未竟。余忖首聯詰問幾人可達成理想；頷聯嘆時光飛逝，理想未遂；頸聯寫悲，羨慕達成理想之人；尾聯謂人已老，不如借酒澆愁。起句「幾許哀」氣弱不實，失渲染之力，宜實寫。頷聯出句「聞流水」似不妥，流水之聲方可聞。「如斯」對「彼岸」稍覺不穩，且伊人何以是「彼岸來」？既是追尋理想，應寫主動尋覓伊人不果，不應待伊人自「彼岸」來。頸聯對句，即「青雲」句，及尾聯下句，即「富貴」句，表意不力，初讀未知何意。頸聯「月下」對「青雲」不工。「幾」、「人」重出而無效果，須修改之。「朱顏一夜成霜鬢」，意境不俗，私以為佳句。

【建議改本】

黃葉蕭條百世哀，風從羈旅未歸來。空嗟秋水皆流去，未遇伊人徒溯洄。
舞月淒清悲顧影，觀雲爛漫羨登台。朱顏一夜成霜鬢，富貴何如酒萬杯。

次韻崔顥〈黃鶴樓〉

呂牧昀

江城自有楚風物，豈向蛇山登偽樓。銅頂或無今頂秀，行人不復昔人悠。
憑詩空想嘆鸚鵡，對景難尋問渚洲。水逝雲生天地闊，征鴻暮過更添愁。

點評：寫黃鶴樓今昔之別，結句以今之「征鴻暮過」對比古之「黃鶴一去」，連天空飛鳥亦有今昔之別，故「更添愁」，畫龍點睛，佳作。頷聯韻腳「悠」，遠也，或閑適也，多疊用，此處似解悠閒耶？不作「行人不復昔人閒」，而作「行人不復昔人悠」，「悠」無疊用，押韻之意太明顯，稍生硬，另因出句「無」能托起「秀」，對句「復」無法托起「悠」，故「悠」稍生硬。

讀散原老人（註一）登高詩用老杜韻懷之

劉沁樂

閑袖神州事可哀，雲端鳥滅幾曾回。未殘蠻菊身先老，已破青衫淚漸來。
策杖欲尋荒戍跡，憑欄空憶舊京臺。狂年意緒飛濤盡，邀得群峯醉一杯。

註一：散原老人有詩「憑欄一片風雲氣，來作神州袖手人」和「倚闌干處是滄桑」。

點評：寫陳三立於戊戌維新失敗後之失意落拓，詩筆古雅流暢，佳作，然未達詩會規定：和杜甫〈登高〉韻兼和其意之要求。第一、二、三、四句末三字為「事可哀」、「幾曾回」、「身先老」、「淚漸來」，句式近似，稍欠活潑，兼略嫌直白，感染之力稍遜。

鄭太夷重九登高（註一）詩多述抱負，今用老杜韻懷之

嵯峨夕照客生哀，青眼憑誰顧我回。怕認紅顏催鬢老，忍看暗雨逐鴻來。
歧途誤作東夷客，破袖愁登北薊臺。正是傷心重九近，嶔崎自笑（註二）阮郎杯。

註一：太夷曾登嵐山。
註二：太夷有句：「四圍山海一身藏，歷落嶔崎自笑狂。」

點評：寫鄭孝胥任偽滿洲國總理後，被罵為「漢奸」，其羞愧、傷心、不被理解之情溢於言表。首句「嵯峨」指日本嵐山。頸聯出句「歧途誤作東夷客」試改「歧途誤配東夷印」。余忖頸聯對句「破袖」指鄭反抗日本壓制滿洲國後，被日本凍結銀行户口之窮困潦倒。尾聯上句「正是傷心重九近」，配以題目「鄭太夷重九登高詩多述抱負」，重九應述抱負，竟是傷心，何故？卻看尾聯結句，「嶔崎」可指人具骨氣，鄭孝胥投日前詩謂「四圍山海一身藏，歷落嶔崎自笑狂」，自述抱負；「阮郎杯」乃典故，漢阮肇與友入山採藥遇仙女，被招為婿，此處喻鄭孝胥投日。舊時「嶔崎」磊落之志自笑此時「阮郎杯」所喻之漢奸身分矣。尾聯精妙，佳構。通篇亦字字珠璣，佳作。然未達和杜甫〈登高〉韻兼和其意之要求。第二、三、四句末三字為「顧我回」、「催鬢老」、「逐鴻來」，句式近似，氣稍遲滯。第六句「愁」與第七句「傷心」意近，可否斟酌？余未敢定論。

和杜甫〈登高〉

黃嘉雯

猿聲響徹高天下，鳥望千沙湛渚回。落木蕭蕭連嶽去，長江滾滾席風來。悲秋萬里常為客，痛病經年獨上臺。白鬢如霜寒苦命，終無借酒解愁杯。

點評：仿杜甫〈登高〉詩而作，頷聯自「無邊落木蕭蕭下，不盡長江滾滾來」翻出新意，可喜。詩中幾處表意不慎，宜雕飾。第一句末「高天下」不妥，亦應和原詩韻腳「哀」。第二句「湛渚」費解，鳥望而回何意？末句「借酒解愁杯」亦費解，取「借酒解愁」之意乎？寫無酒可喝，不如寫僅餘濁酒可貪，意更高遠，試改「幸餘濁酒暖殘杯」。

【建議改本】

秋聲響徹斷猿哀，鳥起千沙日暮回。落木蕭蕭連嶽去，長江滾滾席風來。悲秋萬里常為客，痛病經年獨上臺。白鬢如霜寒苦命，幸餘濁酒暖殘杯。

和杜甫〈登高〉

周子淳

草木飄零宋玉哀，蘭山人望雁千迴。右丞逢節親尤憶，王粲懷鄉句自來。
冉冉秋光空過眼，瀟瀟暮雨盡登臺。舊時才子今何在，且向風前奠一杯。

點評：第二句「蘭山人望雁千迴」化用孟浩然「心隨雁飛滅」。第五句「冉冉秋光空過眼」化用李煜「冉冉秋光留不住」。第六句「瀟瀟暮雨盡登臺」化用柳永「對瀟瀟暮雨灑江天」。以古人登高登樓之句，和杜甫〈登高〉之韻，寄欽羨古人之情，惜未承杜詩之意，且嫌句子太順，無甚起伏，七律應更凝練。「草木飄零」、「逢節親尤憶」、「懷鄉句自來」等句適用於任何詩人，實無特指。第六句「盡登臺」之「盡」何意？

和杜甫〈登高〉

周碧玉

滯雨殘燈野鶴哀，家書託雁夢鄉回。眼前燭淚淒淒下，背後讒言處處來。
老病相纏瑚璉客，功名未遂鳳凰臺。窮居亂命慵梳鬢，遠謫傷懷悶舉杯。

點評：和杜詩之意，詩筆古雅凝練，佳作。起句「野鶴」或有人才之意，似自喻，惜哉處「滞雨殘燈」之中，不得志。頷聯對句「背後讒言處處來」，或謂平白無奇，余謂詩可徐可疾，此處應否斟酌推敲？余未敢定論。頸聯出句末「瑚璉」配「客」稍生，試改「瑚璉器」？尾聯上句第五字「慵」一矢中的，聚焦得宜，見工夫。

次韻老杜〈登高〉

李敬邦

萬竅呼呼動地哀，深秋惟盼夢春回。忍看落葉連山捲，安得高樓攬月來？
遠客渾忘雲水路，庸儒敢上雨花臺？紅顏漸逐詩心老，且酌孤芳菊釀杯。

點評：既寫杜甫，亦寫自己，詩意較隱，堪細味，佳作。頷聯「落葉連山捲」似喻低潮，「高樓攬月」似喻人生高峰，若果真如此，應非實景，「落葉」景較難連接「高樓攬月」景。頸聯「雨花臺」，相傳法師於該處講經，感動諸天雨花，花墜為石。「雲水」「雨花」皆似與佛有關，「雨花」亦似喻口才。尾聯「菊釀杯」似與重陽有關，但應非作者意。

次韻杜甫〈登高〉

鄧卓楠

驟雪寒煙枯木哀，長天昏月瘦駒回。風揚古陌滔滔嘯，霧裏冬梅冉冉來。
昨夜難眠修小榭，昔人何事建高臺？江流不盡春秋去，獨酌無言淚滿杯。

點評：詩重於景而輕於情，致情稍隔。首聯「驟雪寒煙」、「哀」、「回」、頷聯「冉冉來」稍衍。頸聯「難眠」似與失眠、無眠意不同，宜注意。難眠之時「修小榭」，費解，或喻人生成就不及古人乎？惜哉隔也。尾聯「淚滿杯」嫌濫。頷聯對句「霧裏冬梅」意新。

和杜甫〈登高〉

鍾世傑

路縈天暗倦生哀，驟雨新涼心欲回。草動蟲鳴清籟起，風搖花落淡香來。
冰輪歸去藏林影，雲錦相隨照玉臺。日出天穹消宿霧，登峰極目莫停杯。

點評：首聯出句末「倦生哀」嫌實，可虛寫。對句「驟雨」應為「雨霽」乎？頸聯稍弱，且冰輪既藏，雲錦何以照玉臺？雲錦隨誰？隨月？未之明也。尾聯上句「天穹」、下句「登峰」，去之無害，可更凝練。頷聯「風搖花落淡香來」清新可喜，不俗。

和杜甫〈登高〉——秋祭

岑子祺

冒雨旻天欲致哀，浮雲蔽日屢裴回。惟將香紙護襟下，不厭寒針撲面來。望遠初霽黃葉路，祈親長樂閬風臺。遣懷奉禮知其義，問候三傾附薦杯。

點評：會上謂「冒雨旻天」試改「此日墳前」，或「冒雨先墳去自哀」。首聯下句「浮雲蔽日」嫌熟，試改「旻天日歛」。頷聯出句末「護襟下」試改「收襟下」，對句「不厭」即不滿足，試改「不懼」。頸聯尾聯情真意切。「閬風臺」，仙人所居也。

（二〇一八年詩課）

〈將進酒〉或〈浩歌〉（樂府舊題）

鄧卓楠評點

浩歌

周子淳

古今偏愛一輪月，身半凡塵半仙闕。但聞人間怨別離，不辭出嶺入窗室。料想夜短古同悲，況復好事流年隨。君恨春歸誠難得，可知幾回送冬歸？七尺枯藤抽芽細，此蕊又比昔花麗。人生若無初見時，不勝傷春應無計。更深月色既朗清，對此獨酎足忘形。遍照千里非舊色，海上代有別浪生。

點評：全詩情景相依，詩風清雅。在主語轉換方面，詩中轉折處多，且欠缺有效提示，以致詩意難解，如一二句主體為人，三四句主體為月，角色轉換略急，宜增加提示，帶引讀者掌握當中脈絡。在用字方面，部分用語稍隔，如「應無計」。

將進酒·步詩仙原韻

李敬邦

君不見太白金星下凡來，一歲大醉一千回？君不見脫冠狂士飛怒髮，酡顏霜鬢火燒雪？千年走馬影匆匆，古今同邀一輪月。好花安得無好句，時光一逝不重來。黑啤元紅白蘭地，佳釀總宜玻璃杯。調雞尾，煙雲生，將進酒，杯莫停。難得一知己，高山流水請君聽。眾人昭昭復察察，普天似醉知誰醒？酒入肝腸即屬我，何計身外千秋名？我醉忘機君復樂，滄海一笑歸諧謔。露飲不必拘名園，維港且對幽人酌。乘寶馬，揚輕裘，飽餐美景兼美酒，盡洗秋悲與春愁。

點評：詩風豪邁颯爽，字句圓熟精煉。古體今意，糅合中西，雅俗兼備。如「調雞尾，煙雲生」、「乘寶馬，揚輕裘」，雞尾、寶馬乃西式飲料和名車，煙雲、輕裘則中國傳統詩文常見的景物，二者兼化融合，巧妙之極。

將進酒

陳皓怡

君可見風起南冥連北極，雲開玉闕九河清。君可聽無端萬物生消息，隔岸春潮帶鳥鳴。爽籟發，愁難并。紅粉落，畫橈驚。月到金樽聊劇醉，陸公美酒一時撐。飲卻人間有限酒，仙家尚有巴陵泓。光照觥籌影錯亂，座中伯倫意態酲。笑我在世不得意，久經沉痾學稱情。素知行路多塵垢，生非容易死非輕。微軀無望可報國，一命常與鬼神爭。幸爾拙才詩可報，胸中雲夢信初成。女子平生三尺書，送君江洛有才名。將進酒，莫逢迎。既無椒酒奠天地，我命由我兮杯自傾。

點評：行文暢達，豪邁不羈，一氣呵成。起句殊妙，「君可見風起南冥連北極」氣魄雄渾，「雲開玉闕九河清」則清柔馴雅，剛柔相輔，意亦相承。「飲卻人間有限酒，仙家尚有巴陵泓」一句上承其事，下翻其意，意味深遠。惟詩末忽言「報國」之志與「莫逢迎」之囑，前文稍欠鋪述。

浩歌・佇黃山絕頂

鄧卓楠

日出紅霞吞晚星，雲飛千山捲青冥。萬仞銅壁斷寒煙，百歲蒼松瞻古亭。孤峰獨酌未為癡，眾生皆醉尚邀誰？不怕此生千夫指，只怕酒醒夜深時。憐我生兮多愁苦，浩歌起兮撼山舞。一歌未已一歌起，狂歌濺淚淚如雨。揮袖忘卻世間事，心無罣礙自為主。一望無涯巍峨玉，東風吹來山更綠。長天一赤竟無聲，夕陽斜月又相促。

自述運意：原作依李賀〈浩歌〉之韻，惟部分用韻較窄，以致詩意不工，故棄依其韻而作。另參考眾詩友建議，由景生情，情中見理，以景作結，使結構更為穩妥。加之，原作結句為「夕陽斜月不相促」，後改作「夕陽斜月又相促」，更切詩意。

浩歌

譚凱尹

涼冬送暖又一年，殘枝落盡草如茵。孔方市儈多自貴，清山遠水無限春。溝壑忽聞歌豁達，漸見小攤聚茶客。仁人千般猶相合，雅士平凡亦知音。靈光常在只於勤，氣分上下難同混。萬物無意且有向，而立當立應及時。挑燈自製光藻玦，輾轉待價扶桑國。工藝何言金碧繫，參詳百家勝一分。誰怕三餐粗難繼，縠種常記日日新。早當鍛煉午勞作，機緣明志莫忘神。

點評：詩意淺白，詩風質樸，運意稍平。首八句用語偏熟，尾四句雖不避新詞，但字詞配搭稍欠圓渾。部分詩句句意稍欠清晰，如「而立當立應及時」、「縠種常記日日新」。在押韻方面，全詩用韻紛雜不一，時有出韻。

浩歌

嚴瀚欽

銀浦雲樓生瑤草，昨夜夢天自北冥。展翼始驚高處雪，不勝清冷歎零丁。欲承文心窺日月，舊園活水已荒池。經年墨跡無人問，潦倒生平群儕知。孤檠長照書中魂，有酒難消寂寞身。須臾白髮成流水，古今何處凝血神。楚有狂人惜鳳去，浩歌終日不得吟。縱有千斛濯傲骨，鈎天久絕裂竹音。孑立樽前思帝女，孤懸滄海銜山木。自詒寥落發鳩上，只因乘桴適湯谷。

點評：氣勢磅礴，用語淺白而立意深遠，詩境沉冷而見熱血。「縱有千斛濯傲骨，鈎天久絕裂竹音」一句猶佳，志氣不凡，若以此句作結，詩意亦通。

（二〇一九年詩課）

紙（五言古詩，限上聲四紙韻）　鍾世傑評點

摺紙

林子茜

纖凝掩晴絮，畫影撥流彩。輕風盈雨織，演漾弄簾裏。季妹午夢醒，惺忪淺屣履。
昏昏無艷陽，悶悶欲啜涕。勸撫更咿呀，唾手拈素紙。摺攏鶴即成，翻疊漸綻蕾。
奇趣癡眉笑，瞥然清淚止。嬌賴爭欲試，揮秀如旗子。摹樣依葫蘆，草草無具體。
捏揉小扇開，對鏡自得美。仙鶴傲比翼，新蕾映丹紫。工致及淵奧，亦難獲其喜。
何須究毫釐，無端造宏侈。

點評：林詩友用淺近語言寫與妹妹摺紙為樂，其天真童趣，躍然紙上。在內容剪裁方面，為下文鋪墊，題前領意未嘗不可，但開首用八句（約全詩三分一）來描述天氣狀況和妹妹夢醒情態，篇幅略嫌過多，導致入題稍遲。綜觀而言，內容着重摺疊過程，多於描繪紙張本質，令焦點錯置，可考慮加入其色澤、紋理和質感等描寫。在押韻方面，第十六句「揮秀如旗子」中「旗子」之「子」無義，有湊韻之嫌，可改為「揮秀添旖旎」，狀旌旗隨風飄揚貌，更富動感。

吳文君

春箋落浣花，薛女徒麗爾，薄似芙蓉瓣，艷如雲紋綺。金粉勻丹采，烏玉書微旨，半世迷離夢，一葉澄心紙。鋒刃暗裁割，重春復搗捶，篾席碾骨肉，日曝侵肌理。翩翩如皓雪，頁頁隨風起，流年暗穿度，落散塵寰裏。八九佚土中，六七焚淤滓，四五臥案前，三兩遭棄委。今人厭筆墨，屏前敲十指，紙賤浮絮同，視之如敝履。可歎白玉楮，飄蕩無所倚，惟灑兩點墨，為君作哀誄。

點評：詩能圍繞主題來書寫，脈絡清晰。吳詩友先列舉浣花箋和澄心紙來點出箋紙精緻獨特之處，接住透過造紙步驟繁複，反諷今人未能敬字惜紙，最後因痛惜箋紙散失，遭受賤視而有所感嘆，其中結語尤佳，不直寫出箋紙價值，而借助代寫哀悼之文，以寄託個人對箋紙之情意。詩歌文詞雅麗，着重雕飾，詩中不乏對偶句，如「金粉勻丹采，烏玉書微旨」、「半世迷離夢，一葉澄心紙」、「鋒刃暗裁割，重春復搗捶」、「篾席碾骨肉，日曝侵肌理」等句，而第十七句至二十句連用數字「八九」、「六七」、「四五」、「三兩」進行鋪寫，文字功力可見一斑，但戴着腳鐐跳舞，不免走向形式主義，或會影響內容發揮，故可以斟酌。舉個例説，詩中第二句及第八句分別用了薛濤浣花箋和李煜澄心紙之典故，用典雖美，但除了作引旨之外，欠缺拓展，未有進一步與主題作連繫，深化整首詩內容，可多思考如何透過典故突出詩歌主題。另外，詩歌中段插入四句寫造紙如何繁複，雖能有助帶出其散失之可惜，但删裁，似乎亦無損文意表達。

信紙

簡金瓶

秋念逐葉旋，天地一黃綺。欲與訴衷腸，銀屏未盡旨。薄暮落一隅，信箋韶光啟。
稚語享趣聞，驪然花相似。落紅曳瑤波，曇花生字裏。託景偕君歎，滿紙風月邇。
孤舟萬水過，盈眸寸寸紙。繫兩地相思，承四季悲喜。海角若咫尺，心眴日高壘。
碎言意圖空，徒剩冷冰矣。案前書長函，閒筆不復采。遙寄晚涼孤，還慰心泉洗。

點評：副題為信紙，但重點在信，而不在紙，建議多描繪紙之本質，以回應主題。詩歌主題清晰，開首觸景生情，回憶起與友共度良辰美景之往事，故提筆寫信來寄託思念之情。然而，過程參雜手機傳訊之論述，未有一意貫穿，亦造成主語不清，如過渡到第十七句「海角若咫尺」時，主語由信紙轉為手機，但中間欠缺帶引，致讀者難以掌握，宜加閱讀提示，以闡明其中變換，亦可考慮將第三、四句及十七至二十句刪減，以順其意。在押韻方面，第十二句「紙」犯大韻，可改為「風月猶在邇」，盡量保留原意。至於第十五、十六句「繫兩地相思，承四季悲喜」中韻腳「喜」押四紙，「思」、「悲」為四支，「地」、「四」、「季」屬四寘，韻尾皆為「i」，因字音相近而造成句讀拗口，宜改為「繫兩地深情，承千古憂喜」，以諧其聲，並將個人情懷拓展至整個社會層面，帶出信上所寄託之思念，不僅可跨越地域，更可穿越時空。第十七、十八句「海角若咫尺，心眶日高壘」中「咫」犯小韻，而十八句「心眶」意思難明，「眶」應為「垣」，指心牆，而非日氣，建議兩句改為「電訊日趨新，天涯猶尺咫」，以帶出主語為手機。另外，第十九、二十句「碎言意圖空，徒剩冷冰矣」中「矣」無義，可改為「惟言易泛濫，無復牋素美」，以增文字密度，亦可作為過渡，上承手機之快，容易產生濫調，下啟用紙傳情較短訊為美。

紙船

陳江惠

倚欄煮茶青，庭前簇瓊蕊。興起攤書曬，紙船落玉几。驀忽憶兒時，重慈翻素指。
瞬即折舟成，伴我戲池鯉。枯悴年復年，難品肴膳美。月染滿霜華，憂思歸桑梓。
今揚一紙帆，悠緩向東駛。滿載深摰情，遙思寄於此。

點評：詩歌用詞古雅，立意明確，主要寫詩人因尋見紙船而憶起兒時種種往事，藉此抒發對祖母之懷思，情意匪淺，惟重點在船，而不在紙，紙與祖母之間無直接聯繫，即使變換船身物料，亦不損其意，故有偏離主題之嫌。第七句「折」宜用「摺」，解為摺疊，而非折斷。在聲律方面，第十三句「今揚一紙帆」中「紙」犯小韻，可改為「今揚一孤帆」，而最後兩句「滿載深摰情，遙思寄於此」中韻腳「此」押四紙，「摰」、「寄」屬四寘，韻尾皆為「i」，字音相近而造成句讀拗口，可考慮改為「滿載情深語，遠念永託此」，以協其聲。

寒玉堂用牋

劉沁樂

名牋絕於市，一縑已足喜。王孫猶重之，蜀絹難比擬。螭紋色湛青，碎金亦無改。奇質若春冰，纖潤透霞彩。淡墨殊風流，追慕二王體。知誰解倚聲，闋闋悲笳起。寫盡凝碧情，舊恨紙上灑。南渡憶子山，銅駝心不死。讀罷覺神傷，楚客獨流涕。

點評：詩歌先從王孫溥儒專用牋開展，首四句通過側寫和對比，突出其牋價值，第五至八句細緻描繪牋之色澤、紋理和質感，第九、十句由牋轉到牋上文字，並褒獎溥儒書法造詣之高，第十一至十六句從牋上文字聯想到溥儒筆下亡國之詞，最後兩句因讀畢牋上詞作而有所哀嘆。整首詩詩句成熟，遣詞古雅，不僅呈現出寒玉堂用牋特色，且從牋上詞作聯想到亡國之思，層層推進，若能將寒玉堂用牋和溥儒之身世遭遇互相扣連則更佳。

周子淳

愛此一薄纖，素淡潔如洗。方寸納鴻鵠，乾坤無涯涘。輕疊此雙魚，隔山待君啟。
字疊雪浪箋，情意若滄海。爛漫由何覓？書頁藏知己。潑墨勝描虛，冷屏焉足禮。
且莫作機臣，今古縱變改。閒語二三言，任意不成體。便捷失本真，返璞惜我紙。

點評：詩意流暢，用詞温婉。周詩友選擇從個人觀感出發，先描繪紙張厚度和顏色，後帶出書寫之功用，不但可收納鴻鵠志，且可作書信寄情，最後議論手機傳訊之快，缺乏温度，容易失真，由此帶出以紙傳情、傳真之價值。在押韻方面，首句及第五句「此」犯韻，宜避。

電子紙

呂牧昀

科技日趨新，無端歸原始。世人敲字多，豈復筆與紙。插電智能通，革新徒為爾？
今來試手書，筆觸差可擬。提按鋒芒現，疏密皆由己。文章寄雲端，摹畫任驅使。
雖無嬌豔色，黑白亦可喜。繁華久經眼，終以素為美。

點評：呂詩友選材新穎，能將創新科技寫進古詩之中而不失雅正，佳構也，惟部分句式單一，如「無端歸原始」、「今來試手書」、「疏密皆由己」、「文章寄雲端」、「摹畫任驅使」、「終以素為美」句，皆用「二一二」句式，節奏欠缺變化，宜改之，以期音節上參差錯落之美。至於「筆觸」、「提按」、「疏密」言電子紙，抑或電子筆？可堪咀嚼。

頌蔡倫造紙

黃嘉雯

貧民難買帛，記事竹木始。負簡讀萬字，辛苦好學士。千古一盛事，蔡倫竟造紙。
功勞不能抹，芳名留青史。

點評：語言淺顯，主題清晰。詩從古時書寫之困難，對比出蔡倫造紙之重要，但焦點投放在閱讀、書寫工具發展，對紙本身描述不多，只能借題發揮，宜交代紙如何輕巧，方能言之有物，藉此突出蔡侯紙之價值，落實副題中頌讚之意。詩句流暢，但不宜用過多熟語，以免缺乏新鮮感，如第四句「辛苦好學士」，流於口號，可改為「倦意透十指」，用呈現方式帶出閱讀竹簡之不便，以期增加詩歌韻味。在押韻方面，全詩句末均用仄聲字，有損聲律和諧。

嚴瀚欽

童蒙字不工，塗寫盡柔靡。墨下生秋蛇，人嫌己亦鄙。家君眉常蹙，謂之為渣滓。何不臨素楮，質直由茲始。蔡侯造赫蹏，所用皆稗秕。濯罷身似雪，堪得近文士。飄然著白衣，風流論青史。俯仰千古事，硯前三四紙。執筆任消磨，無媚復無綺。方絜雖咫尺，點染皆自喜。長記家君言，修身以為理。展捲當浩氣，千秋可不死。今人多淪沒，對屏亂敲指。乖思無所依，命筆無所恃。胸中無翰墨，何如論才子。素質日已遠，所書如亂蟻。不復衡陽價，百城今棄毀。哀哀再哀哀，昔卷羞再啟。覆之土與塵，文心長已矣。

點評：詩風質樸自然，用字凝練有力，有別於以往艱澀難懂之語言，令人可喜，惟從個人練字，反觀今人用手機傳訊，取代紙筆寫字之習慣，最後聯想到文字衰落，乃至於文明喪失，內容方面稍有偏向「書」之嫌，與原本「紙」之主題存在距離。在主語流轉方面，詩中多次轉換主語，其中第十四句「風流論青史」過渡到第十五句「俯仰千古事」時，主語由「紙」轉換到「人」之上，但當中欠缺帶引，造成混淆，建議加入閱讀提示，以便讀者掌握論述對象。在韻律方面，宜避免同一句內出現太多聲韻母相同之字詞，如第六句「之」、「為」和「滓」三字韻尾皆為「i」，而第八句不僅「質」、「直」、「自」、「茲」四字聲母皆為「z」，並且「質」、「自」、「茲」、「始」四字韻母同為「i」，造成句讀拗口，以致聲調不諧，宜改之。

周碧玉

一紙何清白，默默任人使。山川隔千里，鴻雁可傳爾，離亂接家書，鄧通錢難擬。三都賦方成，貴絕洛陽市，炳烺金玉詞，高山唯仰止。錐沙屋漏痕，鐵畫銀鈎似，乾濕焦淡墨，心聲透於指。細調繽紛色，栩栩眾稱是，圖畫見留白，人生道理矣。文化得以傳，乃結中華秄。今倡數碼化，記事尚可以，書畫重情韻，猶賴此一紙。

點評：整首詩脈絡清晰，井然有序。起首兩句總領全詩，說明紙為人所用，然後分項列舉紙不同用處，如寫信、文章、書法、作畫和傳承文化等價值，最後四句提出即使面對數碼化衝擊，仍不能完全取代紙所有功用，清晰帶出以紙留情之重要價值。在用韻方面，第十八句「人生道理矣」中「理」和「矣」同樣押上聲四紙，犯大韻，造成句讀拗口，而且「矣」為助語詞，表示堅決、肯定，於此無特別含義，故有湊韻之嫌，建議改為「見圖留寸白，妙筆透畫理」，以更扣緊紙在繪畫方面之功用。在文句方面，詩宜含蓄委婉，第二十二句「記事尚可以」過於口語，可考慮改為「行文乏託旨」，以帶出手機在傳情達意方面不及紙張豐富。

陳皓怡

素質憐天生，常得近文士。風流昭日月，舒卷去來此。憶昔堯舜時，莫不受文理。
玉尺隨唐漢，詩成載於史。風流日已遠，素質日已毀。衡陽不勝貴，一朝厭朝市。
世道無由直，世變孰能止？兔尖云多病，故人盡相委。心事莫將報，不堪酬知己。
提筆良未下，揖手謝五鬼。我欲棄書硯，一飲墨池水。胸中浩氣具，瀉筆自千里。
清白雪難如，薄命貧未死。人情今若何？應云薄乎紙。

點評：通篇主要從紙在歷史變遷過程中，感慨世道人心之衰落。陳詩友開首先帶出紙與文士之密切關係，然後帶出古時紙本用以記載禮儀、歷史等功用，作者有感於世道變化而難以排遣心中情緒，第二十一至二十四句「我欲棄書硯，一飲墨池水。胸中浩氣具，瀉筆自千里」中「飲墨池水」和「瀉筆千里」藉誇飾呈現出強烈情感及浪漫主義思想，不禁讓人聯想起李太白之才情，最後雖批判現今人情世態，但點到即止，哀而不傷。

岑子祺

脆薄如羅綺，剪裁有奇士。成品千鈞重，古今嘆觀止。輕量隨身行，孤燈伴遊子。
心聲託鴻雁，足慰鄉耆齒。染彩若雲霞，巧藝布花市。何需金玉飾，簪鬢皆蘭芷。
伯牙撫琴音，必入鍾君耳。筆硯尋莫逆，舉世唯一紙。

點評：詩句流暢，落想新穎，言紙與他者相配合，方能彰顯其中價值。岑詩友試從剪紙、信件及紙製花飾等用途，論述古時紙張價值，但詩句間欠缺扣合，以致立論不穩。結語過於高舉紙之價值，與作者原意相違，可考慮將「筆硯尋莫逆，舉世唯一紙」改為「方絮無以用，非得一知己」，以說明紙須透過他物，創造其價值。另建議將第二句「剪裁有奇士」中「有」改為「賴」，以突出紙需要依附他物之主題，第七句「心聲託鴻雁」改為「託箋傳心聲」，以增加紙與其他工具之聯繫。最後，可於開首添加數句，來闡明詩意，統攝全詩。

（二〇一九年詩課）

評點者簡介（按姓氏筆畫順序排列）

余龍傑：香港浸會大學中文系畢業，復旦大學中文系創意寫作藝術碩士。現職香港浸會大學語文中心助理講師。曾獲青年文學獎、城市文學創作獎、工人文學獎等獎項。璞社社員。合編有《荊山玉屑．五編》、《四十一雙眼睛》。

李敬邦：嶺南大學中文文學碩士。現為香港教育大學中國語言學系項目主任。活躍於海內外詩詞對聯比賽。著有《論語與現代社會》及《中學生文言經典選讀：論語》，並曾參與《漢語教學與文化新探》及《國際中文教育學報》的編輯工作。

李耀章：字寧魂，璞社社員。曾熱衷浪迹天涯，現甘為「煮」家男人。雅好詩文，不囿古樸。以時入詩，以文會友，曾出版個人詩集《寧魂集》。

張志豪：嶺大中文學士，港大中文碩士，中大教育文憑。現職《明報》集團編輯、雜誌副推廣主任。香港文化學術社副社長，《香江藝林》創刊主編，璞社社員，香港作家聯會永久會員。著有《三癡堂詩草》、《壺中山月集》（合著）。合編有《荊山玉屑．五編》、《探美求真》。

張軒誦：香港浸會大學中文系文學士，香港中文大學中文系文學碩士，璞社社員。

陳彥峯：生於一九八〇年六月，香港人。香港浸會大學中國語言及文學系（榮譽）文學士、碩士。曾任出版社編輯，現為浸會大學語文中心助理講師。璞社社員。專研漢語語法、古典詩詞。

陳皓怡：璞社成員。嶺南大學學士，香港中文大學文學碩士，教育文憑。現職中學教師。曾獲中華大學生詩詞大賽冠軍，於全港學界詩詞創作比賽、全港青年中文詩創作比賽、全港詩詞創作比賽曾獲不同獎項。

黃　照：畢業於香港浸會大學中文系，大學時加入璞社學習古典詩詞，獲各師長指點，獲益良多。曾擔任璞社秘書，現為補習社導師。曾獲全港詩詞創作比賽、全港學界律詩創作比賽等獎項。

黃榮杰：先後畢業於香港教育大學、香港中文大學、香港大學。曾獲全港學界律詩及對聯創作比賽冠軍、全港詩詞創作比賽亞軍、中文文學創作獎新詩組第三名、中華大學生研究生詩詞大賽優異獎等。作品散見香港及海外書刊。創設「香港詩網」。

葉翠珠：教育工作者。香港珠海學院中國文學系文學士（BA），香港大學中文學院碩士（MA）。少歲問學之初，慕陽明先生而私淑之，後兼參儒道佛三家，並淺習四部之學。今主要研究範圍包括中國儒家思想、中國教育史及粵方言。

鄧卓楠：現職協恩中學中文科教師，畢業於浸大中文系，璞社社員。尤愛研讀哲學、古詩、武俠小説。閒時熱愛旅遊，每到一地，以詩寄情，作品包括〈雲南雜詠二十首和王右丞輞川絕句二十首韻〉、〈浩歌．佇黃山絕頂〉等。

鍾世傑：璞社社員。畢業於香港城市大學中文及歷史學系，香港中文大學學位教師教育文憑。現職教師。曾獲全港學界對聯創作比賽及全港青年中文詩創作比賽冠軍等獎項。作品收錄於《中華詩人千家詩》、《香港詩詞》、《探美求真》、《荊山玉屑．六編》及《荊山玉屑．七編》等書刊。

羅光輝：古典詩詞愛好者，喜愛創作七律、填詞等，中學時期加入璞社。曾於青年學藝比賽、全港詩詞創作比賽中獲獎。現職註冊中醫師。

嚴瀚欽：就讀於嶺南大學，浸大璞社秘書，《雪泥鴻爪》新詩編輯，偶獲詩文獎。作品散見於《明藝》、《中華詩人千家詩》、《香港詩詞》、《雪泥鴻爪》、《聲韻詩刊》、《字花》、《大頭菜文藝月刊》、《創世紀》、《乾坤詩刊》。

作品推介

陳志誠教授

《璞社青年社員評點集》是璞社成員鍾世傑先生編著的一本書，作為該社青年社員對社友古典詩歌創作的評點紀錄，希望通過彼此對作品的評點，以提高年輕一輩詩作的水平，以及收到相互交流、觀摩和學習的功效。

璞社是本港一個以古典詩歌創作為主的詩社，它的主要導師是從浸會大學榮休的鄺健行教授。鄺教授早年是新亞書院著名詩家頌橘廬曾克耑先生最得意的高足，曾留學希臘近十年，獲雅典大學博士學位，返港後先後任教於中文大學、浸會大學和新亞研究所，著作等身，是本地一位著名的學者，也是個非常出色的詩人；對於扶掖後進，尤其餘力不遺。

關於璞社成立的經過，數年前國內出版的《文藝研究》一篇題為〈翻譯、治學與創作〉訪問稿中曾有提及，該篇訪問稿由璞社另一位導師董就雄教授撰述，受訪者正是鄺教授。其中一小節，即提及璞社成立的經過和其後雅集的情況。據鄺教授憶述，璞社是二〇〇二年成立的。當時由幾位在浸會大學修讀過鄺教授「韻文習作」課的同學首先提出來，他們大抵感到課堂的習作意猶未盡，因而倡議成立詩社，以作恆常性的聚會。鄺教授覺得這提議很好，於是欣然同意，並為詩社取「璞」字為名，喻意同學有美質如璞玉，倘能好好地加以琢磨，定必精光照映，綻放異彩。

璞社成立之後，例必每月聚會一次，稱為月課。每次月課，均預先為下次設立所寫的詩題，社友在限期前將詩稿以電郵傳送璞社秘書，然後在浸會中文系會議室聚會。每次聚會均安排一個主持人，主持人除了主持詩課外，還要為該次詩課的詩作做評點。在評點之前，主持人會給詩友一個星期時間修改，主持人即根據詩友改定後的詩稿作評點，評點後的詩作會送給所有詩社成員，以作參考之用。另外，還會把改好後的詩稿定本張貼在中文系的壁報版上。現在這本《璞社青年社員評點集》，就是在這樣的情況下編集而成的。

璞社雖在浸會中文系聚會，但卻不屬於浸會大學的組織，社員也不僅僅限於浸大的師生，只要有興趣於古典詩歌創作的都可以加入，而且，社員來去自由，既寬鬆而又開放。十多年來，社員人數已達百餘二百。當中有固定的老師和資深的導師，其餘大部分都是對古典詩歌創作有興趣的年輕朋友。他們有是定期出席的，也有不定期出席的，可以說，那的確是個古典詩歌愛好者的樂園。

璞社的月課，例必有詩友提交的詩作，也例必有月課主持人對詩作的評點。評點的內容，由詩作中所出現的平仄、對偶、聲調等格律上的要求，以致遣辭用典、取材切題、結體謀篇、興懷寄意等問題，各個方面都能一一顧及，涵蓋面相當廣闊。因此，聚會便不光是讓詩友發表所作，然後彼此諛頌一番而已。最重要的，還得藉主持人的評點，以激勵詩友的進步和改善，這樣把創作和學習連結在一起，詩作的水平也因而得到提高。這是該社特色之一，也是參加者獲得的最佳回報。

璞社對詩友作品的評點，有點跟過去的詩話相似。不過，比起一般詩話來說，它的評語更具針對性，論析也更為細緻。經過這麼多年，璞社詩友的詩作數量已不少，累積的評點數目也相當可觀。把這些詩作和評點整理結集，付梓出版，讓廣大的詩友和古典文學愛好者分享其成果，自應是文壇喜聞樂見之事。

這本《璞社青年社員評點集》的出版，並非評點璞社詩作的第一本，早在二〇一六年該社導師兼骨幹成員董就雄教授已出版了該社第一本詩作評點集：同樣獲得藝發局資助的《聽車廬評點璞社詩》。現在這本評點集可說步武前作，不過，以青年社員評點詩友之作，卻又以這本為首，全書評點者共有十四人，都是詩圈後起之秀。所評的體裁包括五言排律、七言排律、五言古詩、五言律詩、七言律詩、五言絕句、七言絕句、新題樂府、樂府舊題、柏梁體以及體裁不限等近二百餘首；至於用韻方面，有限用某韻的，也有不限韻的。所寫的詩題，則以詠新興事物和切近生活者居多，如維港夜色、智能電話、自拍、扶貧、港鐵時事之類，力避陳腔濫調，不落俗套，不作無病呻吟，相信是該社鼓勵創新的原則之一。

通過這本評點集，我們一則可以認識到一班青年詩友的詩作水平，二則也可以讓我們了解到他們對詩學知識的深厚程度，更可貴的，是他們的態度，虛心而認真。這樣的一本書，對詩詞和古典文學的愛好者來說，應該有很高的參考價值；對寫詩的初學者來說，更是非常好的寫作津樑，深具啟迪作用。

當然，如果能結合《聽車廬評點璞社詩》來細閱，收益將會更大，效果也應該更為顯著。

後記

鍾世傑

《璞社青年社員評點集》得以出版，特別鳴謝董就雄老師在書籍出版前後，給予寶貴意見和指導；以及朱少璋老師撥冗寫序，並鼓勵青年人繼續去學詩、尋夢；還有張軒誦兄對書稿惠予很有用的修改意見。同時感謝陳志誠教授為本書撰文推介，亦多謝一眾詩友的信任和支持，令社友的評點能結集出版。對於各位的幫忙和協助，在此再次深表謝意。

對我而言，出版《璞社青年社員評點集》的意義重大，因為這本書結集了多位詩友和我的心力與精神。書中既是我們在寫詩和評點過程中的成果總結，同時亦是與古典文學愛好者交流的開始，從評點中可見社友治學之認真，以及評鑑角度之多元，即便內容並非達到完美，但仍盼望能推動本土古典詩詞的發展，願此書能與各位有緣人如切如磋、如琢如磨，彼此在詩藝上有所增進。最後，此書如有甚麼錯誤和缺點，敬請方家不吝指正！

責任編輯：羅國洪
裝幀設計：胡　敏

書　　名：璞社青年社員評點集
編　　者：鍾世傑
出　　版：匯智出版有限公司
香港九龍尖沙咀赫德道2A
首邦行八樓八〇三室
電話：二三九〇〇六〇五
傳真：二一四二三一六一
網址：http://www.ip.com.hk
發　　行：香港聯合書刊物流有限公司
香港新界大埔汀麗路三十六號
中華商務印刷大廈三字樓
電話：二一五〇二一〇〇
傳真：二四〇七三〇六二
印　　刷：陽光（彩美）印刷有限公司
版　　次：二〇二〇年一月初版
國際書號：978-988-79783-5-0

香 港 藝 術 發 展 局
Hong Kong Arts Development Council 資助

香港藝術發展局全力支持藝術表達自由,本計劃
內容並不反映本局意見。